改变一生

的 寓言故事

胡罡 主编

黄河出版传媒集团
阳光出版社

图书在版编目（CIP）数据

改变一生的寓言故事 / 胡罡主编 .—— 银川：阳光
出版社 ,2016.8
（校园故事会）
ISBN 978-7-5525-2825-1

Ⅰ .①改… Ⅱ .①胡… Ⅲ .①寓言 – 作品集 – 中国
Ⅳ .① I277.4

中国版本图书馆 CIP 数据核字 (2016) 第 190140 号

校园故事会　改变一生的寓言故事　　　　胡罡　主编

责任编辑　刘涛
封面设计　华文书海
责任印制　岳建宁

黄河出版传媒集团
阳 光 出 版 社　出版发行

出 版 人　王杨宝
地　　址　宁夏银川市北京东路139号出版大厦 （750001）
网　　址　http：//www.yrpubm.com
网上书店　http：//www.hh-book.com
电子信箱　yangguang@yrpubm.com
邮购电话　0951-5047283
经　　销　全国新华书店
印刷装订　三河市京兰印务有限公司
印刷委托书号　 （宁）0002085

开　　本　710mm×1000mm　1/16
印　　张　7.75
字　　数　96千字
版　　次　2016年9月第1版
印　　次　2016年9月第1次印刷
书　　号　ISBN 978-7-5525-2825-1/I·786
定　　价　16.80元

前　言

　　我们在故事的摇篮里长大，故事就像一个最最忠实的好朋友，时时刻刻陪伴在我们身边。它把勇敢和智慧传递给我们，也把快乐、爱与美注入我们的心田。

　　《校园故事会》系列所选用的故事内容丰富、主人公形象生动活泼，而其寓意也非常深刻，会让你在愉快的阅读中了解到什么是美，什么是丑，什么是善，什么是恶，什么是直，什么是曲。我们相信，这些故事一定会使广大学生受益匪浅。真诚地希望本系列丛书能成为家长教育孩子的好助手，学生成长的好伙伴！

　　本系列丛书内容包括亲情、哲理、处世、智慧等故事，会使你在阅读中收获真知与感动，在品味中得到启迪与智慧。可以说，它们是父母送给孩子的心灵鸡汤，自己送给自己的最好礼物，同学送给同学的智慧锦囊，老师送给学生的精神读本。

　　总而言之，这是一套值得您精读，值得您收藏，更值得您向他人推荐的好书。因为课本上的道理是一条条教给您的，而这套书中的"故事"所蕴含的大道理、大智慧是要您自己揣摩的。

　　本系列图书在编写过程中不免会有瑕疵，望广大读者批评指正，我们会虚心改正。

编　者

目 录

以羊替牛

古时候的祭祀仪式叫"祭钟"。每逢祭钟时,不是要杀一头牛,就是要杀一只羊,然后将牛的头或者羊的头用大木盘子盛放在祭神的供桌上,人们就站在供桌前祈祷。

有一天,齐国都城里来了一个人,他牵着一头牛从皇宫大殿前走过。这时,恰被齐宣王在大殿门口看见了,命人叫住那牵牛的人,便问道:"你打算把这头牛牵到哪里去呢?"那人回答说:"我要牵去宰了用来祭钟。"

齐宣王听了后,看了看那头牛,然后说:"这头牛本来没有罪过呀,却要白白地去死,看着它那吓得颤颤抖抖、哆哆嗦嗦的样子,我真不忍心看了。把它放了吧!"

那个牵牛的人说:"大王您真慈悲,那就请您把祭钟这一仪式也废除了吧。"

"这怎么可以废除呢?"齐宣王严肃起来,接着说:"这样子吧,就用一只羊代替这头牛吧!"

1

人生真谛

　　杀牛和杀羊都是屠杀生命。对牛的宰杀与对羊的残忍在本质上是一样的，都不能算是仁慈。齐宣王以羊替牛只不过是骗人的把戏，由此可见他的虚伪。

改变一生的寓言故事

涸泽之鱼

庄子的生活非常清贫,有时甚至以借粮度日。有一天,庄子硬着头皮到监河侯家去借粮。

监河侯见庄子登门求助,爽快地答应借粮。他说:"可以,待我收到租税后,马上借你 300 两银子。"

庄子听罢转喜为怒,脸都气得变了色。他愤然地对监河侯说:"我昨天赶路到府上来时,半路突听呼救声。环顾四周不见人影,再观察周围,原来是在干涸的车辙里躺着一条鲫鱼在叫。"

庄子叹了口气接着说:"它见到我,像遇见救星般向我求救。据称,这条鲫鱼原住东海,不幸沦落在车辙里,无力自拔,眼看快要干死了。请求路人给点水,救救性命。"

监河侯听了庄周的话后,问他是否给了水救助鲫鱼。

庄子白了监河侯一眼,冷冷地说:"我说可以,等我到南方,劝说吴王和越王,请他们把西江的水引到你这儿来,把你接回东海老家去吧!"监河侯听傻了眼,对庄子的救助方法感到十分荒唐:"那怎么行呢!""是哇,鲫鱼听了我的主意,当即气得睁大了眼,说眼下断了水,没有安身之处,只需几桶水就能解困,你说的所谓引水全是空话大话。

不等把水引来,我早就成了鱼市上的干鱼啦!"

人生真谛

改变一生的寓言故事

　　远水解不了近渴,这是人所共知的常识。这篇寓言揭露了监河侯假大方、真吝啬的伪善面目。讽刺了说大话、讲空话、不解决实际问题之人的惯用伎俩。老实人的态度是少说空话,多办实事。

鲁国少人才

改变一生的寓言故事

庄子去拜会鲁哀公,鲁哀公感慨地说:"咱鲁国儒士很多,唯独缺少像先生这样从事道术的人才。"

庄子听了鲁君的判断,却不以为然地持否定态度说"别说从事道术的人才少,就是儒士也很缺。"鲁哀公反问庄子:"你看全鲁国的臣民几乎都穿戴儒者服装,能说鲁国少儒士吗?"庄子毫不留情地指出他在鲁国的所见所闻:"我听说在儒士中,头戴圆形礼帽的通晓天文;穿方形鞋的精通地理;佩戴五彩丝带系玉的,遇事清醒果断。"庄子见鲁王认真听着,接着表示自己的见解:"其实那些造诣很深的儒士平日不一定穿儒服,而着儒装的人未必就有真才实学。"

他向鲁王建议:"您如果认为我判断得不正确,可以在全国范围发布命令,宣布旨意:凡没有真才实学的冒牌儒士而穿儒服的一律问斩!"鲁哀公采纳了庄子的谏言,在全国张贴命令。不过5天,鲁国上上下下再也看不见穿儒服的"儒士"了。唯独有一男子汉,穿戴儒装立于国宫门前。鲁哀公闻讯立即传旨召见。鲁哀公见来者仪态不俗,用国家大事考问他,提出的问题五花八门千变万化,对方对答如流,思维敏捷,果然是位饱学之士。

　　庄子了解到鲁国在下达命令后,仅有一位儒士被国君召进宫敢于回答问题。于是他发表自己的看法:"以鲁国之大,举国上下仅有一名儒士,能说人才济济吗?"

人生真谛

　　真才实学不是靠衣着来装扮的,形式不能取代实质。一种思想、学说或职业吃香与流行后,就会有人弄虚作假,附庸风雅,借以牟取私利。

改变一生的寓言故事

玉器和瓦罐

韩昭侯经常在无意间将一些重大的机密事情泄露了出去,使得大臣们周密的计划不能实施。大家对此很伤脑筋,却又不好直言告诉韩昭侯。

有一位叫堂公的聪明人,自告奋勇到韩昭侯那里去,对韩昭侯说:"假如这里有一只玉做的酒器,价值千金,它的中间是空的,没有底,它能盛水吗?"

韩昭侯说:"不能盛水。"

堂公又说:"有一只瓦罐子,很不值钱,但它不漏,你看,它能盛酒吗?"

韩昭侯说:"可以。"

于是,堂公因势利导,接着说:"一个瓦罐子,虽然值不了几文钱,非常卑贱,但因为它不漏,却可以用来装酒;而一个玉做的酒器,尽管它十分贵重,但由于它空而无底,因此连水都不能装,更不用说人们会将美酒倒进里面去了。人也是一样,作为一个地位至尊、举止至重的国君,如果经常泄露臣下商讨有关国家的机密的话,那么他就好像一件没有底的玉器。即使是再有才干的人,如果他的机密总是被泄露出

改变一生的寓言故事

去的话,那他的计划就无法实施,因此就不能施展他的才干和谋略了。"

一番话说得韩昭侯恍然大悟,他连连点头说道:"你的话真对,你的话真对!"

从此以后,凡是要采取重要措施,大臣们在一起密谋策划的计划、方案,韩昭侯都小心对待,慎之又慎,连晚上睡觉都是独自一人,因为他担心自己在熟睡中说梦话时把计划和策略泄露给别人而误了国家大事。

人生真谛

有智慧的人很善于说话,能从日常生活中的小事引出治国安邦的大道理。能够虚心接受意见、不唯我独尊的人,才是明智的领导者。

滥竽充数

齐国的国君齐宣王很喜欢听吹竽,大臣特意为他招募了 300 个善于吹竽的乐师。齐宣王喜欢热闹,爱摆排场,总想在人前显示做国君的威严,所以每次听吹竽的时候,总是叫这 300 个人在一起合奏给他听。

有个南郭先生听说了齐宣王的这个癖好,觉得有机可乘,是个赚钱的好机会,就跑到齐宣王那里去,吹嘘自己说:"大王啊,我是个有名的乐师,听过我吹竽的人没有不被感动的,就是鸟兽听了也会翩翩起舞,花草听了也会合着节拍颤动,我愿把我的绝技献给大王。"

齐宣王听得高兴,不加考察,很痛快地收下了他,把他也编进那支 300 人的吹竽队中。

这以后,南郭先生就随那 300 人一块儿合奏给齐宣王听,和大家一样拿优厚的薪水和丰厚的赏赐,心里得意极了。

其实南郭先生撒了个弥天大谎,他压根儿就不会吹竽。每逢演奏的时候,南郭先生就捧着竽混在队伍中,人家摇晃身体他也摇晃身体,人家摆头他也摆头,脸上装出一副动情忘我的样子,看上去和别人一样吹奏得挺投入,还真瞧不出什么破绽来。南郭先生就这样靠着蒙骗混过了一天又一天,不劳而获,白拿薪水。

可是好景不长,过了几年,爱听竽合奏的齐宣王死了,他的儿子齐湣王继承了王位。齐湣王也爱听吹竽,可是他和齐宣王不一样,认为300人一块儿吹实在太吵,不如听独奏来得悠扬逍遥。于是齐湣王发布了一道命令,要这300个人好好练习,做好准备,他将让300人轮流来一个个地吹竽给他欣赏。乐师们知道命令后都积极练习,想一展身手,只有那个滥竽充数的南郭先生急得像热锅上的蚂蚁,惶惶不可终日。他想来想去,觉得这次再也混不过去了,只好连夜收拾行李逃走了。

人生真谛

假的就是假的,最终逃不过实践的检验而被揭穿。我们想要成功,唯一的办法就是勤奋学习,只有练就一身过硬的真本领,才能经受得住一切考验。

三 人 成 虎

　　某日，魏王送大夫庞恭和太子一起启程赴赵都邯郸作赵国的人质，临行时，庞恭向魏王提出一个问题，他说："如果有一个人对您说，我看见闹市熙熙攘攘的人群中有一只老虎，君王相信吗？"魏王说："我当然不信。"庞恭又问："如果是两个人对您这样说呢？"魏王说："那我也不信。"庞恭紧接着追问了一句道："如果有三个人都说亲眼看见了闹市中的老虎，君王是否还不相信？"魏王说道："既然这么多人都说看见了老虎，肯定确有其事，所以我不能不信。"庞恭听了这话以后，深有感触地说："果然不出我的所料，问题就出在这里！事实上，人虎相怕，各占几分。具体地说，某一次究竟是人怕虎还是虎怕人，要根据力量对比来论。众所周知，一只老虎是决不敢闯入闹市之中的。如今君王不顾及情理，不深入调查，只凭三人说虎即肯定有虎，那么等我到了比闹市还远的邯郸，您要是听见三个或更多不喜欢我的人说我的坏话，岂不是要断言我是坏人吗？临别之前，我向您说出这点疑虑，希望君王一定不要轻信馋言。"

　　庞恭走后，一些平时对他心怀不满的人开始在魏王面前说他的坏话。时间一长，魏王果然听信了这些谗言。当庞恭从邯郸回魏国时，

改变一生的寓言故事

魏王再也不愿意召见他了。

人生真谛

　　谣言惑众，流言蜚语多了，的确足以毁掉一个人。随声附和的人一多，白的也会被说成黑的，真是"众口铄金，积毁销骨"。所以我们对待任何事情都要有自己的分析，不要人云亦云，被假象所蒙蔽。

杨布打狗

一天,有一个叫杨布的人穿着一身白色干净的衣服兴致勃勃地出门访友。在快到朋友家的路上,不料天空突然下起雨来了。

雨越下越大,杨布正走在前不着村、后不落店的山间小道上行走,实在无法躲避只好硬着头皮顶着大雨快步前行。等他赶到朋友家里,已经全身湿透像个落汤鸡似的。这位朋友与他十分熟识,他们是经常在一起讨论诗词、评议字画。所以当朋友看到他被淋成这个样子的时候,也赶忙找了一套自己的黑色外套给杨布。杨布也没有拘束,赶忙脱掉了被雨水淋得湿透了的白色外衣穿上了朋友拿来的黑色外套。

朋友又赶忙在家里准备饭菜,二人边吃边聊,极为开怀。吃罢,两人又谈论了一会儿诗词,评议了一会儿前人的字画。他们越谈越投机,越说越开心,不知不觉天很快黑下来了。杨布见自己的外衣还没有干,忧郁了一下,和朋友打招呼说了一声,就把自己被雨水淋湿了的白色外衣晾在朋友家里,而自己就穿着朋友的一身黑色衣服告辞回家。

雨后的山间小道虽然是湿的,但由于路面上小石子铺得多,没有淤积的烂泥。天色渐渐地暗下来了,弯弯曲曲的山路还是明晰可辨。晚风轻轻吹着,从山间送来一阵阵新枝嫩叶的清香。

要不是天愈来愈黑下来了,杨布还真想在这雨后的山路上漫游山岗的一番哩!

他叹了口气,加快了脚步径直朝着自己的家的方向走去,他边走边想着白天朋友的妙语连珠。不知不觉他走到自家门口了。虽然到了家门口,他还沉浸在白天与朋友畅谈的兴致里。

这时,杨布家的狗却不知道是自家主人回来了,从黑暗的角落里猛冲出来对他汪汪大叫起来。杨布被自家的狗这突如其来的狂吠声,下了一跳。须臾,那狗见来人没有离开又突然后腿站起、前腿向上,似乎要朝杨布扑过来。杨布被自家的狗这快要扑过来的动作弄得十分恼火,他马上停住脚向旁边闪了一下,愤怒地向狗大声吼道:"瞎了你的狗眼了,连我都不认识了!"于是顺手在门边抄起一根木棒要打那条狗。

这时,哥哥杨朱听到了声音,立即从屋里出来,一边阻止杨布用木棒打狗,一边唤住了正在狂叫的狗,并且说:"你不要打它啊!应该想想看,你白天穿着一身白色衣服出去,这么晚了,又换了一身黑色衣服回家。假若是你自己,一下子能辨认得清楚吗?这能怪家的狗吗?"

杨布不说什么了,冷静地思考了一会儿,觉得哥哥杨朱讲得也是有道理的。狗也不汪汪地叫了,一家人重新又恢复了原有的安平与平静。

改变一生的寓言故事

人生真谛

　　若自己变了,就不能怪别人对自己另眼相看。别人另眼看自己,首先要从自己身上找原因,不然的话就像杨布那样:一身衣服变了,反而怪狗不认识他。

改变一生的寓言故事

高山流水

古时候,有一个擅长弹奏琴弦的人,叫俞伯牙;一个擅长于听音辨意的人,叫做钟子期。有次,伯牙来到泰山(今武汉市汉阳龟山)北面游览时,突然遇到了暴雨,只好滞留在岩石之下,心里寂寞忧伤,便拿出随身带的古琴弹了起来。刚开始,他弹奏了反映连绵大雨的琴曲;接着,他又演奏了山崩似的乐音。恰在此时,樵夫钟子期忍不住在临近的一丛野菊后叫道:"好曲! 真是好曲!"原来,在山上砍柴的钟子期也正在附近躲雨,听到伯牙弹琴,不觉心旷神怡,在一旁早已聆听多时了,听到高潮时便情不自禁地发出了由衷的赞赏。

俞伯牙听到赞语,赶紧起身和钟子期打过招呼,便又继续弹了起来。伯牙凝神于高山,赋意在曲调之中,钟子期在一旁听后频频点头:"好啊,巍巍峨峨,真像是一座高峻无比的山啊!"伯牙又沉思于流水,隐情在旋律之外,钟子期听后,又在一旁击掌称绝:"妙啊,浩浩荡荡,就如同江河奔流一样呀!"伯牙每奏一支琴曲,钟子期就能完全听出它的意旨和情趣,这使得伯牙惊喜异常。他放下了琴,叹息着说:"好啊! 好啊! 您的听音、辨向、明义的功夫实在是太高明了,您所说的跟我心里想的真是完全一样,我的琴声怎能逃过您的耳朵呢?"二人于是结为知音,并约好第二年再相会论琴。可是第二年伯牙来会钟子期时,得知钟子期不久前已经因病去世。俞伯牙痛惜伤感,难以用语言表达,于是就摔破了自己从不离身的古琴,从此不再抚弦弹奏,以谢平生难得的知音。

人生真谛

人之相知,贵在知心。

曾参杀人

孔子有个学生叫曾参。曾参的家在费邑。费邑有一个与他同名同姓也叫曾参的人在外乡杀了人。顷刻间，一股"曾参杀了人"的风闻便席卷了曾子的家乡。

第一个向曾子的母亲报告情况的是曾家的一个邻人，那人没有亲眼见过杀人凶手，他是在案发以后，从一个目击者那里得知凶手名叫曾参的。当那个邻人把"曾参杀了人"的消息告诉曾子的母亲时，并没有引起预想的那种反应。曾子的母亲一向引以为骄傲的正是这个儿子。他是儒家圣人孔子的好学生，怎么会干伤天害理的事呢？曾母听了邻人的话，不惊不忧。她一边安之若素、有条不紊地织着布，一边斩钉截铁地对那个邻人说："我的儿子是不会去杀人的。"

没隔多久，又有一个人跑到曾子的母亲面前说："曾参真的在外面杀了人。"曾子的母亲仍然不去理会这句话。她还是坐在那里不慌不忙地穿梭引线，照常织着自己的布。

又过了一会儿，第三个报信的人跑来对曾母说："现在外面议论纷纷，大家都说曾参的确杀了人。"曾母听到这里，心里骤然紧张起来。她害怕这种人命关天的事情要株连亲眷，因此顾不得打听儿子的下

落,急忙扔掉手中的梭子,关紧院门,端起梯子,越墙从僻静的地方逃
走了。

　　以曾子良好的品德和慈母对儿子的了解、信任而论,"曾参杀了
人"的说法在曾子的母亲面前是没有市场的。然而,即使是一些不确
实的说法,如果说的人很多,也会动摇一个慈母对自己贤德的儿子的
信任。由此可以看出,缺乏事实根据的流言是可怕的。

人生真谛

　　应该根据确切的事实材料,用分析的眼光看问题,而不要
轻易地去相信一些流言。

改变一生的寓言故事

画蛇添足

楚国有个贵族,赏给门客们一壶祭酒。门客们拿着这壶酒,不知如何处理。他们觉得,这么多人喝一壶酒,肯定不够,还不如干脆给一个人喝,喝得痛痛快快还好些。可是到底给谁好呢?于是,门客们商量了一个好主意,就是每个人各自在地上画一条蛇,谁先画好了这壶酒就归谁喝。大家都同意这个办法。

门客们一人拿一根小棍,开始在地上画蛇。有一个人画得很快,不一会儿,他就把蛇画好了,于是他把酒壶拿了过来。正待他要喝酒时,他一眼瞅见其他人还没把蛇画完,他便十分得意地又拿起小棍,自言自语地说:"看我再来给蛇添上几只脚,他们也未必画完。"

边说边给画好的蛇又画脚。

不料,这个人给蛇还没画完脚,手上的酒壶便被旁边一个人一把抢了过去,原来,那个人的蛇画完了。这个给蛇画脚的人不依,说:"我最先画完蛇,酒应归我喝!"那个人笑着说:"你到现在还在画,而我已完工,酒当然是我的!"画蛇脚的人争辩说:"我早就画完了,现在是趁时间还早,不过是给蛇添几只脚而已。"那人说:"蛇本来就没有脚,你要给它添几只脚那你就添吧,酒反正你是喝不成了!"

那人毫不客气地喝起酒来,那个给蛇画脚的人却只能眼巴巴看着本属自己而现在已被别人拿走的酒,后悔不已。

人生真谛

有些人自以为是,喜欢节外生枝,卖弄自己,结果往往弄巧成拙,不正像这个画蛇添足的人吗?

改变一生的寓言故事

邻 人 献 玉

　　魏国的一个农夫有一次在犁田时发现了一块直径一尺、光泽碧透的异石。农夫不知是玉,所以跑到附近田里请邻人过来观看。那邻人一看是块罕见的玉石,于是起了歹心。他编了一套谎话对农夫说:"这是个不祥之物,留着它迟早会生祸患。你不如把它扔掉。"农夫一时还拿不定主意,心想:"这么漂亮的一块石头,假如不是怪石,扔掉了多么可惜。"农夫犹豫了一会儿,最后还是决定把它拿回家去,先摆在屋外的走廊上观察一下,看看到底是怎么一回事。

　　那天夜里,宝玉忽然光芒四射,把整个屋子照得像白昼一样。农夫全家人被这种神奇的景象惊呆了。农夫又跑去找那邻人。邻人趁机吓唬他说:"这就是石头里的妖魔在作怪。你只有马上把这块怪石扔掉才能消灾除祸!"听了这话以后,农夫急忙把玉石扔到了野地里。

　　时隔不久,那邻人跑到野外把玉石搬回了自己的家。

　　第二天,那邻人拿这块玉石去献给魏王。魏王把玉工召来品评其价值。那玉工一见这块玉石,不觉大吃一惊。他急忙朝魏王跪下,连连叩头,然后起身对魏王说:"恭喜圣上洪福,您得到了一块稀世珍宝。我虽然当了这么多年的玉工,还从来没有见过这样大、这样好的玉石。"魏王问:"这块玉石值多少钱?"玉工说:"这是一件无价之宝,难以用金钱计算它的价值。世上的繁华都市里有各种各样的玉石,但没有哪一块能与它媲美。"魏王听了这话以后大喜,当即赏给献玉者一千斤黄金,同时还赐予他终生享用大夫俸禄的待遇。

人生真谛

狡诈的人因骗取的玉石而受赏食禄,而善良的穷苦人却还蒙在鼓里一点也不知道。

23

楚 人 渡 河

楚国人准备从水路偷袭宋国,横渡濉水,企图趁宋国人在没有防备的情况下一举获胜。

楚国经过周密谋划,先派人到濉河边测量好水的深浅,并在水浅的地方设置了标记,以便偷袭宋国的大部队能沿着标记顺利渡河。不料,濉河水突然大涨,而楚国人并不知道这个情况。部队在经过濉河的时候依然照着原来作的标记渡河。加上又是夜间,结果,士兵、马匹大批被卷进深水、漩涡中,使楚军措手不及。他们被湍急的濉河水搅得人仰马翻、惊骇不已。漆黑中,濉水里人喊马嘶、一片混乱,简直像数不清的房屋在倒塌一般。就这样,楚国军队被淹死1000多人,侥幸没死的也无法前进,只好无功而返。

先前,楚国人在设置标记的时候,当然是正确的。如果河水不涨,他们是可以依照标记渡河的。可是后来情况变了,由于河水暴涨,水位升高了许多,而楚国人在不了解变化的情况下仍按原来的线路渡河,当然只能惨败。

人生真谛

情况是在不断变化的,人的认识也应该随着客观情况的发展变化而变化。人们必须随时根据新情况采取相应的措施,否则就会吃亏、跌跤。

改变一生的寓言故事

黎丘老丈

魏国都城大梁以北的黎丘乡,经常有爱装扮成人的鬼怪出没。有一天,黎丘乡的一位老人在集市上喝了酒,醉醺醺地往家走,在半路上碰到了装作自己儿子模样的黎丘鬼怪。那鬼怪一边假惺惺地搀扶老人,一边左推右晃,让老人一路上受够了罪。老人回到家里以后,不脱鞋,合着衣,倒在床上就睡着了。

第二天,老人酒醒之后,想起自己醉酒回家时在路上吃的苦头,把儿子狠狠训斥了一顿。他气愤地对儿子说:"我是你的父亲,你有孝敬我的义务。可是昨天你在路上让我吃尽了苦头。我问你,这究竟是因为我平日对你不够慈爱,还是因为你生了别的什么坏心?"

老人的儿子一听这话,像是在晴天里听见一声霹雳。这到底是哪来的事呢? 老人的儿子感到十分委屈,他伤心地落着泪、磕着头,对父亲叹息地说:"这真是作孽啊! 我哪能对您做这种不仁不义的事呢? 昨天您出门不久,我就到东乡找人收债去了。您从集市走回家的那一阵子,我还在东乡办事。您如果不相信,可以到东乡去问一问。"

老人知道自己的儿子素来诚实、孝顺,因此相信了他的话。可是那个长得很像自己儿子的人到底是谁呢? 老人想着想着,一转念记起了黎丘鬼怪。他恍然大悟地说："对了，一定是人们常说的那个鬼怪在作孽！"说到这里，老人忽然心生一计。他打算次日先到集市上喝个烂醉，然后趁着酒兴在回家的路上刺杀那个黎丘鬼怪。

次日早晨，老人在集市上又喝醉了酒。他一个人跌跌撞撞地往回走。他的儿子因为担心父亲在外醉酒回不了家，正好在这个时候从家里出来，沿着通往集市的那条路去接父亲。老人远远望见儿子向自己走来，以为又是上次碰到的那个鬼怪。等他的儿子走近的时候，老人拔剑刺了过去。这位老人由于被貌似自己儿子的鬼怪所迷惑，最终竟误杀了自己的亲生儿子。

27

人生真谛

　　当人们不辨真伪时，欺诈的鬼蜮伎俩容易得逞，而善良诚实反遭戕害，真是可悲呀！

改变一生的寓言故事

林回弃璧

　　有一个诸侯国被敌国打败了,逃命的难民中有个叫林回的人,他扔掉了价值千金的玉璧,却背着自己幼小的儿子逃难。

　　难民中有人不理解林回的选择:"你是为了金钱吗? 如果是为了金钱,一个婴孩能值几个钱?"又有人问:"你不害怕受牵累吗? 一个吃奶的婴儿在战难时,给人添的麻烦简直说不完。国难当头,真不明白你抛弃宝玉,背上婴儿这个包袱是为什么?"

　　林回背着孩子说:"那块宝玉是因为值钱才和我在一起。这孩子因为是我的亲生骨肉,和我的感情连在一起。"和金钱利欲结合在一起,遇到天灾人祸,患难之时便会互相抛弃;和骨肉情义友谊结合在一起,遇到患难便会相依为命。互相抛弃与互相依存,实在是相去十万八千里啊!

人生真谛

　　用金钱利欲结成的关系是暂时的,不能经受患难的考验;人与人之间的亲情友谊、患难与共才是长久和永恒的。

不受嗟来之食

战国时期，各诸侯国互相征伐，天下百姓民不聊生，如果再加上天灾，老百姓就没法活了。这一年，齐国大旱，一连 3 个月没下雨，田地干裂，庄稼全死了，穷人吃完了树叶吃树皮，吃完了草苗吃草根，眼看着一个个都要被饿死了。可是富人家里的粮仓堆得满满的，他们照旧吃香的喝辣的。

有一个富人名叫黔傲，看着穷人一个个饿得东倒西歪，他反而幸灾乐祸。他想拿出点粮食给灾民们吃，但又摆出一副救世主的架子，他把做好的窝窝头摆在路边，施舍给过往的饥民们。每当过来一个饥民，黔傲便丢过去一个窝窝头，并且傲慢地叫着："叫花子，给你吃吧！"有时候，过来一群人，黔傲便丢出去好几个窝头让饥民们互相争抢，黔傲在一旁嘲笑地看着他们，十分开心，觉得自己真是大恩大德的活菩萨。

这时，有一个瘦骨嶙峋的饥民走过来，只见他满头乱蓬蓬的头发，衣衫褴褛，一双破烂不堪的鞋子用草绳绑在脚上，他一边用破旧的衣袖遮住面孔，一边摇摇晃晃地迈着步。由于几天没吃东西了，他已经支撑不住自己的身体，走起路来有些东倒西歪了。

　　黔傲看见这个饥民的模样，便特意拿了两个窝窝头，还盛了一碗汤，对着这个饥民大声吆喝着："喂，过来吃！"饥民像没听见似的，没有理他。黔傲又叫道："嗟，听到没有？给你吃的！"只见那饥民突然精神振作起来，瞪大双眼看着黔傲说："收起你的东西吧，我宁愿饿死也不愿吃这样的嗟来之食！"

　　黔傲万万没料到，饿得这样摇摇晃晃的饥民竟还保持着自己的人格尊严，黔傲满面羞愧，一时说不出话来。

人生真谛

　　本来，救济、帮助别人就应该真心实意而不虚情假意。对于善意的帮助是可以接受的；但是，面对"嗟来之食"，倒是那位有骨气的饥民的精神，值得我们赞扬。

改变一生的寓言故事

小偷退齐兵

　　楚国有一位将领叫子发。他很注重有一技之长的人,很善于利用这些人的长处为自己服务。楚国有一位擅偷窃的人听说了这件事,便去投靠子发。小偷对子发说:"听说您愿起用有技艺的人,我是个小偷,以前不务正业,如果您能收留我,我愿为您当差,以我的技艺为您服务。"子发听小偷这么说,又见他满脸诚意,很是高兴,连忙从座位上起身,对小偷以礼相待,竟连腰带也顾不上系紧,帽子也来不及戴端正。小偷见子发果然是真心,简直是受宠若惊了。

　　子发手下的官员、侍从们都劝谏说:"小偷是天下的盗贼,为人们所不齿,您怎么对他如此尊重?"

　　子发摆摆手说:"你们一时难以理解,以后就会明白的,我自有道理。"适逢齐国兴兵攻打楚国,楚王派子发率军队前去迎战齐兵。结果,连续交锋三次,楚军都败下阵来。

　　军帐内,子发召集大小将领商议退齐兵的策略,将领们想了好多计策,个个忠诚无比,可是对击退齐兵却一筹莫展,而齐兵反而愈战愈强。面对紧张的形势,那个小偷来到帐前求见,主动请缨。小偷说:"我有个办法,请让我去试试吧。"子发同意了。

改变一生的寓言故事

夜间，小偷溜进齐军营内，神不知鬼不觉地将齐将首领的帷帐偷了出来，回到楚营交给子发。子发便派了一个使者将帷帐送还齐营并对齐军说："我们有一个士兵出去砍柴，得到了将军的帷帐，现特来送还。"齐兵面面相觑，目瞪口呆。

第二天，小偷又潜进齐营，取回齐军首领的枕头。子发又派人送还。第三天，小偷第三次进了齐营，取回来齐军首领的头发簪子。子发第三次派人将簪子送还。这一回，齐军首领惊恐万分不知所措。齐军营中议论纷纷，各级将领大为惊骇。于是，齐军首领召集军中将士们商议对策。首领对大家说："今天再不退兵，楚军只怕要取我的头了！"将士们无言以对，首领立即下令撤军。

齐军终于退兵而走。楚营内大大嘉奖了那个立功的小偷，众将士无不佩服子发的用人之道。

人生真谛

小偷，如果损害社会和人民，的确该绳之以法；如果改邪归正，把技艺特长用到有益的地方，有时也能干出大事来。

改变一生的寓言故事

牛缺遇盗

改变一生的寓言故事

在上地,有位声望很高的饱学之士叫牛缺。一次,他要去邯郸拜见赵国国君,途经耦沙时,遇上了一伙强盗。强盗抢走了他的牛车及随身衣物,他只好步行前往。

强盗在一旁看到这人对被劫之事并不在意,脸上连半点忧愁和吝啬的表情都没有,心中不免生疑,于是便追上去问个究竟。

牛缺坦然地回答说:"一个有德行的人,不应当因丢失一点供养自己的财物而去与人争斗,这样会危害它所供养的自身的安全啊。"强盗们听后,同声称赞道:"这真是一个贤德之人啊!"他们望着牛缺渐渐走远的背景,忍不住又商议:"如此贤德之人去拜见赵国的国君,必会受到信用,他如果在国君面前告发了我们的强盗行径,我们一定会大难临头。因此,还不如先下手为强。"于是,这伙强盗再一次追上牛缺,并把他杀掉了。

有个燕国人听说了这件事后,就将全家族的人集合起来,告诫他们:"今后谁遇上了强盗,可千万别学牛缺那样以贤德求忍让呀!"大家都牢牢记住了这个教训。

不久,这个燕国人的弟弟要到秦国去,一行人来到函谷关下,又遇上了强盗。他想起了哥哥临别时的告诫,始终不肯轻易舍弃财物,在实在斗不过这伙强人时,他又跪在地上低三下四地哀求强盗以慈善为本,发还抢走的财物。

强盗们被纠缠得大怒了,忍不住厉声喝道:"我们没有要你的性命,就已经够宽宏大量了。你现在还要死死地缠住我们索要财物,这不就把我们的行迹暴露了吗?我们既然已经作了强盗,哪里还有什么慈悲仁义可言?"只见这伙人手起刀落,将那个燕国人的弟弟杀了,同时还杀害了与之同行的四五个伙伴。

人生真谛

对于杀人不眨眼的强盗,既不能讲"贤德",也不能苦苦哀求;只有丢掉幻想,团结斗争,战而胜之,才是唯一正确的选择。

支公养仙鹤

改变一生的寓言故事

　　古时候有个叫支公的人,非常喜欢仙鹤。他常爱到仙鹤出没的地方,远远地欣赏仙鹤吃东西、散步时的一举一动,简直看得入了迷。他常常想:要是能有仙鹤长久为伴,那该多好啊! 终于,在支公搬到剡溪东岇山居住的时候,一位深知支公爱好的老朋友给他送来了一对仙鹤。支公高兴极了,像对待自己的儿女一般对待仙鹤,给它们吃上好的食物,细心照料它们的起居,高兴的时候,支公还常把仙鹤搂在怀里跟它们说话。仙鹤的活泼可爱也使支公的晚年一点都不寂寞,它们给支公作伴,跳舞给支公看,时间久了,支公和仙鹤的感情越来越深厚。

　　时光飞逝,仙鹤的羽毛很快长齐了,它们天天扑棱着翅膀,想飞到属于它们的遥远的地方去。支公实在是舍不得仙鹤离开,犹豫再三,还是用剪刀把仙鹤的翅膀剪短了。

　　这下子仙鹤真的没有办法飞起来了。它们总是先扑打一阵翅膀,然后又回头看看,接着就沮丧地低下头,无精打采地走来走去。仙鹤再也不像以前那样欢叫起舞了,没有了活力,没有了生气,连眼睛都一天天地暗淡下去了。

　　支公对这一切看在眼里,疼在心里。他后悔极了,告诉自己说:

"既然仙鹤有直上云霄去见识更广阔的天空的志向,我又怎么能强行把它们留在我跟前,只供自己观赏呢?"

支公从此更加精心地饲养两只仙鹤,让它们的翅膀很快又长齐了。于是支公就带着仙鹤来到野外,把它们放到地上,依依不舍地对它们说:"仙鹤啊,快飞吧,到远方去实现你们的理想去吧!"仙鹤拍打着翅膀飞上蓝天,鸣叫着在支公头上盘旋了几圈,好像在感谢他的恩情,然后自由自在地向遥远的天边飞去了。

支公虽然舍不得仙鹤,但他理解仙鹤的志向,最终放了仙鹤,这才是真正的爱鹤。

人生真谛

真正爱惜有才能的人,就应该给他们施展身手的空间,不要把他们规定在狭隘的小圈子里面。

华歆与王朗

华歆与王朗是魏国有名的谋士，他们的交情很深，德行也受到大家的称赞，分不出谁好一些，谁差一点。

他们年轻的时候，有一年，洪水泛滥，淹没了许多村庄和大片的良田，百姓叫苦连天。华歆和王朗的家乡也遭了灾，房子都被大水冲走了，盗贼也趁火打劫，四下作案，天下很不太平。

无奈，华歆和王朗只得和几个邻居一起坐了船去逃难。

船上的人都到齐了，物品也装妥了，马上就要解缆绳离岸出发。这时候，远处忽然奔过来一个人，他背着包袱跑得气喘吁吁，大汗淋漓。这个人也顾不得擦汗，一边朝这边挥手一边扯开嗓子大叫道："先别开船，等等我，等等我呀！"

这人好不容易跑到船跟前，上气不接下气地说："船都被人叫完了，没有人肯收留我，我远远看到这边还有一条……船，就跑过来……求求你们……带上我……一起走吧……"

华歆听了，皱起眉头想了想，对这个人说："对不起得很，我们的船也已经满了，你还是再去另想办法吧。"

王朗却很大方，责备华歆说："华歆兄，你怎么这样小气，船上还很宽裕嘛，见死不救可不是君子所为，带上人家吧。"

华歆见王朗这样说，就不再坚持自己的意见，略微沉思片刻，答应了那人的请求。

华歆、王朗他们的船平安地走了没几天，就碰上了盗贼。盗贼们划着船追了过来，眼看越追越近了。

船上的人们都惊慌不已，不知该怎么办才好，只能拼命地催促船家开些划船，快些、再快些。

王朗也害怕得不行，他找华歆商量说："现在我们遇上盗贼，情况紧急，船上人多了没有办法跑得更快。不如我们叫后上船的那个人下去吧，也好减轻些船的重量。"

华歆听了，严肃地回答道："开始的时候，我考虑良久，犹豫再三，就是怕人多了行船不便，弄不好会误事，所以才拒绝人家。可是现在既然已经答应了人家，怎么能够又出尔反尔，因为情况紧急就把人家甩掉呢？"

王朗听了这番话，面红耳赤，羞愧得说不出话来。在华歆的坚持下，他们还是像当初一样，携带着那个后上船的人，始终没有抛弃他。而他们的船也终于在大家的共同努力下，摆脱了盗贼，安全地到达了目的地。

改变一生的寓言故事

人生真谛

王朗表面上大方，实际上是在不涉及自己利益的情况下送人情。一旦与自己的利益发生矛盾，他就露出了极端自私、背信弃义的真面孔。而华歆则一诺千金，不轻易承诺，一旦承诺就一定要遵守。我们应该向华歆学习，守信用、讲道义，像王朗那样的德行，是应该被人们所鄙弃的。

德比才重要

39

改变一生的寓言故事

阳虎的学生都在各地做官。可是有一次阳虎到卫国去却遭到官府通缉，他到处逃避，最后逃到北方的晋国，投奔到赵简子门下。见阳虎丧魂落魄的样子，赵简子问他说："你怎么变成这样子呢？"阳虎伤心地说："从今以后，我发誓再也不培养人了。"赵简子问："这是为什么呢？"

阳虎懊丧地说："许多年来，我辛辛苦苦地培养了那么多人才，直至在当朝大臣中，经我培养的人已超过半数；在地方官吏中，经我培养的人也超过半数；那些镇守边关的将士中，经我培养的同样超过半数。可是没想到，就是由我亲手培养出来的人，他们在朝廷做大臣的，离间我和君王的关系；做地方官吏的，无中生有地在百姓中败坏我的名声；更有甚者，那些领兵守境的，竟亲自带兵来追捕我。想起来真让人寒心哪！"

赵简子听了，深有感触。他对阳虎说："只有品德好的人，才会知恩图报；那些品质差的人，他们是不会这么做的。你当初在培养他们的时候，没有注意挑选品德好的加以培养，才落得今天这个结果。比方说，如果栽培的是桃李，那么，除了夏天你可以在它的树阴下乘凉休息外,秋天还可以收获那鲜美的果实;如果你种下的是蒺藜呢,不仅夏天乘不了凉,到秋天你也只能收到扎手的刺。在我看来,你所栽种的,都是些蒺藜呀!所以你应记住这个教训,在培养人才之前就要对他们进行选择,否则等到培养完了再去选择,就已经晚了。"阳虎听了赵简子一番话,点头称是。

人生真谛

人的品德应该比才能更重要,因此应有选择地培养人才,不可良莠不分。这对我们是很有启发的。

仁智的孙叔敖

孙叔敖从小勤奋好学，尊敬长辈，孝敬母亲，很受邻里的喜爱。

有一次，孙叔敖外出玩耍，忽然看到路上爬着一条双头蛇。他以前听别人说，谁要是看见两头蛇，谁就会死去。孙叔敖乍一见这条蛇，心中不免一惊。他决定马上把这条双头蛇打死，不能再让别人看见。于是他拾起路边的大石块，打死了双头蛇，并把它深深地埋起来。

回到家里，孙叔敖闷闷不乐，饭也不吃，一个人坐在油灯前看书发呆。他母亲看到这孩子的情绪有些不对头，便问他道："孩子，你今天是怎么啦？"

孙叔敖抬头看了看母亲，摇摇头说："没什么。"然后低下头去，依然无精打采。

母亲伸出手，摸了摸他的额头说："莫不是生病了？"

孙叔敖再也憋不住了，一下扯住母亲的衣袖伤心地哭起来。妈妈感到十分诧异，问道："孩子，你到底出了什么事啊，哭得这么伤心？"孙叔敖边哭边说："今天我在外面看到了一条双头蛇。听人说，看见这种蛇的人会死去的。要是我死了，我就再也见不到您了……"母亲边安慰他边问道："那条蛇现在在哪里呢？"

正是因为孙叔敖边擦眼泪边回答说："我怕再有人看见它也会死去，就把它打死后，埋起来了。"

听了孙叔敖的话，母亲很感动，她高兴地摸着孙叔敖的头说："好孩子，你做得对。你的心眼这么好，你一定不会死的。好人总是有好报的。"孙叔敖半信半疑地看着母亲，点了点头。

后来，孙叔敖长大成人，由于他的学识品德好，做了楚国的令尹。他还没正式上任，老百姓就已经很信赖他了。

正是因为孙叔敖在面对死亡的时刻还能为别人着想，所以老百姓信赖他。

人生真谛

能为群众着想的人，群众也会拥护和信任他。

改变一生的寓言故事

毁瓜与护瓜

　　魏国的大夫宋就被派到魏国与楚国的交界处一个盛产西瓜的小县去担任县令。虽然同处一地,可是两国村民种西瓜的方式和态度却大不一样。

　　魏国这边的村民种瓜十分勤快,他们经常担水浇瓜,所以西瓜长得快,而且又甜又香。

　　楚国这边的村民种瓜十分懒惰,又很少给西瓜浇水,所以他们的瓜长得又慢又不好。楚国这边的县令看到魏国的西瓜长得那么好,便责怪自己的村民没有把瓜种好。而楚国的那些村民却没有从自己身上找原因,只是一味怨恨魏国的村民,嫉妒他们为什么要把瓜种得那么大那么香甜。于是,楚国这边的村民就想方设法去破坏魏国村民的劳动成果。每天晚上,楚国村民轮流摸到魏国的瓜田搞破坏,踩他们的瓜,扯他们的藤,这样,魏国村民种的瓜每天都有一些枯死掉了。

　　魏国村民发现这个情况后,十分气愤,他们也打算夜间派人偷偷过去破坏楚国的瓜田。

　　一位年纪大的村民劝阻住了大家,说:"我们还是把这件事报告给县令,向他请示该怎么办吧?"

43

改变一生的寓言故事

大家来到宋就的县衙。宋就耐心地劝导本国的村民说："为什么要这么心胸狭窄呢？如果你来我往没完没了地这般闹下去，只会结怨越来越深，最后把事态闹大，引起祸患。我看最好的办法是，你们不计较他们的无理行为，每天都派人去替他们的西瓜浇水，最好是在夜间悄悄进行，不声不响地，不要让他们知道。"

魏国村民依照宋就的话去做了。于是，从这以后，西边楚国的瓜一天天长势好起来。楚国村民发现，自己的瓜田像是每天都有人浇过水，感到很是奇怪，互相一问，谁也不知道是怎么回事。于是他们开始暗中观察，终于发现为他们的西瓜浇水的正是魏国的村民，楚国的村民大受感动。

很快，这件事情被楚国县令知道了，他既感激、高兴，又自愧不如魏国县令。他把这些情况写下来报告给了楚王，楚王也同样很受感动，同时也深感惭愧和不安。

后来，楚王备了重金派人送给魏王，希望与魏国和好，魏王欣然同意了。从此以后，楚、魏两国开始友好起来。边境的两国村民也亲如一家，两边种的西瓜都同样又大又甜。

44

改变一生的寓言故事

人生真谛

有时候不要采取"以眼还眼，以牙还牙"的态度去激化矛盾，而是宽宏大量，以德报怨，这样反而会促使矛盾缓解，使坏事变成好事。

防患于未然

有一家人家盖了新房子,厨房里烧火的土灶烟囱砌得太直,土灶旁边还堆着一大堆柴草。

一天,这家主人请客。有位客人看到主人家厨房的这些情况,就对主人说:"你家的厨房应该整顿一下。"主人问道:"为什么呢?"

客人说:"你家烟囱砌得太直,柴草放得离火太近。你应将烟囱改砌得弯曲一些,柴草也要搬远一些,不然的话,容易发生火灾。"主人听了,笑了笑,不以为然,没放在心上,不久也就把这事忘到脑后去了。

后来,这家人家果然失了火,左邻右舍立即赶来,有的浇水,有的撒土,有的搬东西,大家一起奋力扑救,大火终于被扑灭,除了将厨房里的东西烧了一小半外,总算没酿成大祸。

为了酬谢大家的全力救助,主人杀牛备酒,办了酒席。席间,主人热情地请被烧伤的人坐在上席,其余的人也按功劳大小依次入座,唯独没有请那个建议改修烟囱、搬走柴草的人。大家高高兴兴地吃着喝着。忽然有人提醒主人说:"要是当初您听了那位客人的劝告,改建烟囱,搬走柴草,就不会造成今天的损失,也用不着杀牛买酒来酬谢大家了。现在,您论功请客,怎么能忘了那位事先提醒、劝告您的客人呢?

45

改变一生的寓言故事

难道提出防火的没有功,只有参加救火的人才算有功吗?我看哪,您应该把那位劝您的客人请来,并请他上坐才对呀!"

主人听了,这才恍然大悟,赶忙把那位客人请来,不但说了许多感激的话,还真的请他坐了上席,众人也都拍手称好。

事后,主人新建厨房时,就按那位客人的建议做了,把烟囱砌成弯曲的,柴草也放到安全的地方去了,因为以后的日子还长着呢。

人生真谛

什么事情都要有个预见性,如果自己没意识到,听听别人的建议也是好的,防患于未然比出了险情再去补救更为重要。

借火治狗

从前,有一户人家,婆婆在家专横跋扈,经常对媳妇横挑鼻子竖挑眼,媳妇不能申辩,更不敢反抗,总是偷偷地伤心。幸亏隔壁有位好心的大妈,十分同情这位媳妇,常常安慰这位媳妇并暗中帮助她。

一次,婆婆外出走亲戚,下午回到家里,忽然发现家里的肉少了。婆婆心里顿时来了气,她怎么想也觉得是媳妇偷吃了。于是不问青红皂白就劈头盖脑地骂起来:"你这个好吃懒做的贱女人,我不在家你就无法无天了,竟敢在家偷吃东西!"

媳妇觉得实在冤枉,忍不住说:"老天爷在上,我偷没偷吃东西,他看得最清楚。"

还没等媳妇说完,婆婆早就气得要跳起来,她指着媳妇大声喊道:"这还了得,敢顶撞我!算是我冤枉了你,我瞎了眼睛!我家养不起你这个媳妇了,你马上给我滚回你娘家去,我家不要你了!"就这样,婆婆把媳妇给休弃了。媳妇无可奈何,只得服从婆婆的命令。她在回娘家之前,去向隔壁的大妈告别,哭着向大妈讲了这件事。大妈听了,很替这位媳妇难过,但大妈也知道那位婆婆的为人,如果现在马上去替媳妇解释,恐怕婆婆是不会听的。于是大妈安慰了媳妇一阵后,对她说:

"你先慢慢地走,我这就去想办法让你婆婆把你叫回来。"

媳妇擦了擦眼泪,慢慢朝村外走去。

大妈待媳妇一走,马上在家里搜寻了一把乱麻,她将乱麻扎在一个小棍上做了一个火引子,然后到这个媳妇家里去找婆婆借火。

婆婆问:"现在不是做饭的时候,借火做什么?"大妈对婆婆说:"我家的狗不知从哪里叼来一块肉,几条狗为争这块肉,互相咬得很凶,我想借个火回去治治它们。"

婆婆一听,恍然大悟,肉原来是被狗叼走了。她心里感到有几分愧疚。因此赶紧找来一个人,让他马上去追赶媳妇,把她接了回来。

人生真谛

　　一个有心计的人,在解决人与人之间的矛盾纠纷时必须讲究策略。要想弄明真相、息事宁人,既要抓住问题的症结,又不可急于求成。

临江驼鹿

　　从前,临江一个爱打猎的人进山里去打猎,偶然发现了一个驼鹿穴。老鹿可能是觅食去了,只剩下一只毛都还没长齐的小鹿仔。这个人很是怜爱这头小驼鹿,就将它抱起来,带回家里去饲养。

　　这人抱着小驼鹿刚一走进家门,家里养的一群狗就一边摇着尾巴一边流着涎水跑过来,以为小驼鹿是主人带给它们的食物,不顾小驼鹿还在主人怀里,跃跃欲试地伸出爪子去碰它。主人很生气,大声地呵斥它们:"畜生,还不快滚开!"又踢了狗几脚,它们这才悻悻地躲远了。这群狗如此对小驼鹿垂涎三尺,主人不禁很担心小驼鹿会遭它们的毒手,于是就天天抱着小驼鹿到狗跟前去,让狗慢慢熟悉它、亲近它,让它们之间建立起感情,到后来又把它们放在一块儿玩耍,教狗要爱护小驼鹿,不准去惊动它、骚扰它。

　　这群狗明白主人的意思是要保护小驼鹿的安全,也就都按照主人的心意去做,听从主人的安排,和小驼鹿很是亲热,也不再吓唬它。小驼鹿慢慢地长大了,因为和狗处得久了,竟然忘记了狗是鹿的敌人,反而确信狗是自己的好朋友,成天和狗一块儿互相舔舐,翻滚嬉戏,碰撞追逐,玩得十分开心,和狗也一天比一天亲热。而这群狗因为想讨好主人，又怕主人的责罚，也就一直迁就小驼鹿，陪着它玩耍，但还是改不了它们的本性，常常暗地里瞧着小驼鹿，垂涎三尺。过了几年，小驼鹿长成了大驼鹿。有一次它出门去，碰到别人家的一群狗，可高兴了，以为遇到了好朋友，赶快跑过去和它们嬉戏。这群狗见这只驼鹿竟如此大胆，感到又奇怪又生气，也不管三七二十一，冲上来又撕又咬，一会儿工夫就把驼鹿吃了个精光，血淋淋的尸骨就这样被弃置在道路上。只可惜驼鹿到死也不明白一向和气的狗为什么要吃它。

自家的狗不敢碰驼鹿，是因为畏惧主人的威慑，并不是因为驼鹿本身有多厉害；而别家的狗没有了这个威慑，自然就不买驼鹿的账了。驼鹿不明白这一点，才落得个可悲的下场。

人生真谛

人如果借助外部力量获得了地位和利益后，一定要谨慎从事，不要盲目高估了自己。

改变一生的寓言故事

丑 妇 效 颦

改变一生的寓言故事

　　春秋时代,越国有一位倾城倾国的女子叫西施。她的举手、投足,还是她的音容笑貌,样样都惹人喜爱。西施略用淡妆,衣着朴素,走到哪里,哪里就有很多人向她行"注目礼",没有人不惊叹她的美貌。

　　西施患有心口疼的毛病。有一天,她的病又犯了,只见她手捂胸口,双眉皱起,流露出一种娇媚柔弱的女性美。当她从乡间走过的时候,乡里人无不睁大眼睛注视她。

　　乡下有一个丑女子,不仅相貌难看,而且没有修养。她平时动作粗俗,说话大声大气,却一天到晚做着当美女的梦。今天穿这样的衣服,明天梳那样的发式,却仍然没有一个人说她漂亮。

　　这一天,她看到西施捂着胸口、皱着双眉的样子竟博得这么多人的青睐,因此回去以后,她也学着西施的样子,手捂胸口、紧皱眉头,在村里走来走去。哪知这丑女的矫揉造作使她原本就丑陋的样子更难看了。其结果,乡间的富人看见丑女的怪模样,马上把门紧紧关上;乡间的穷人看见丑女走过来,马上拉着妻、带着孩子远远地躲开。人们见了这个怪模怪样模仿西施心口疼在村里走来走去的丑女人简直像见了瘟神一般。

这个丑女人只知道西施皱眉的样子很美，却不知道她为什么很美，而去简单模仿她的样子，结果反被人讥笑。

人生真谛

盲目模仿别人的做法是愚蠢的。

感 受 内 美

春秋时期,卫国有个容貌虽然很丑陋,可不管是男人还是女人都非常喜欢与之交往的人叫哀骀它。有一些女人甚至说:"与其做别人的妻子,还不如做他的小妾。"

他一无权位二无财产,也没有什么高深的理论和显赫的功绩,可是外表粗陋、其貌不扬的这位丑人却受到几乎所有人的喜爱和赞美,这使得鲁国的鲁哀公惊诧不已,于是就派人把他从卫国请回鲁国加以考察。相处不到一个月,鲁哀公觉得他在平淡中确有不少过人之处,不到一年,就很信任他了。不久,宰相的位置空缺,鲁哀公便让他上任管理国事,可他却淡淡然无心做官,虽在再三要求下参议了国事,但不久他还是谢辞了高位厚禄,回到他在卫国的陋室中去了。

对此,鲁哀公求教于孔子:"他究竟是怎样一种人呢?"孔子借喻道:"我曾经在楚国看见一群小猪在刚死的母猪身上吃奶,一会儿都惊恐地逃开了,因为小猪发现母猪已不像活着时那样亲切。可见小猪爱母猪不是爱它的形体,而是爱主宰它形体的精神,爱它内在的品性。哀骀它这个人虽然外表不美,但他的品德和才情等内在之美必定已超越一般人很多,所以您和许多人才喜欢他。"

53

改变一生的寓言故事

人生真谛

　　只有内在的美才可靠长久，值得追求和尊崇。虽然外在的容貌、身材、风采和权位、财产等也很吸引人，可内在的品德、学识、才能和真诚、自信等给人的感受则更有魅力。

爱发脾气

改变一生的寓言故事

一天，张三和李四闲来无事，坐在屋子里聊天。张三对李四说："有个和我一起共事的人，名字叫做王五。王五的脾气可暴躁了，动不动就会发火，一发起火来可不得了，又拍桌子又摔东西，搞不好还会打人呢！我们平时都很害怕他，不敢和他争执。"李四说："真的吗，果真有这样火暴性子的人？"

两人正说着，王五正巧从屋外经过，窗子开着，张三的话全都清清楚楚地传到他耳朵里。

王五顿时大发雷霆，面红耳赤，脖子上的青筋一根根地凸出来。他大步跑到屋门口，气势汹汹地使劲一踹，把门踢开，冲进屋里，见了张三，一把抓住他的领口，不由分说地照准面门就是重重一拳。张三被打得跟跄着退了好几步，一屁股坐在地上，血从他的鼻子里慢慢流了下来。

王五还觉得不解恨，也不管张三一迭声地叫饶，过去骑在他身上，抬起拳头打个不停。

李四见状，赶忙过去劝解，费尽九牛二虎之力，终于把王五拉开，问他说："你为什么要打张三呢？"

王五气呼呼地回答说："我哪有性子暴躁的毛病，又什么时候乱发过脾气呢？他这样诬蔑我，我当然要好好教训教训他！"

李四说道："你现在这样做不正是性子暴躁、喜欢发火的表现吗？张三并没有说错啊，你又为什么要对自己的缺点讳莫如深呢？"

人生真谛

有了缺点不应该忌讳别人说，有则改之，无则加勉，才能不断完善自己。

改变一生的寓言故事

替景公占梦

齐景公得了肾炎很长时间。一天晚上,他突然梦见自己与两个太阳搏斗,结果败下阵来,惊醒后竟吓出了一身冷汗。第二天,晏子来拜见齐景公。齐景公不无担忧地问晏子:"我在昨夜梦见与两个太阳搏斗,我却被打败了,这是不是我快要死的先兆呢?"晏子想了想,就建议齐景公召一个占梦人进宫,先听听他是如何圆这个梦,然后再作道理。齐景公于是委托晏子去办这件事。

晏子出宫以后,立即派人用车将一个占梦人请来,占梦人问:"您召我来有什么事呢?"

晏子遂将齐景公做梦的情景及其担忧告诉了占梦人,并请他进宫为之圆梦。占梦人对晏子说:"那我就反其意对大王进行解释,您看可以吗?"晏子连忙摇头说:"那倒不必。因为大王所患的肾病属阴,而梦中的双日属阳。一阴不可能战胜二阳,所以这个梦正好说明大王的肾病就要痊愈了。你进宫后,只要照这样直说就行了。"

占梦人进宫以后,齐景公问道:"我梦见自己与两个太阳搏斗却不能取胜,这是不是预兆我要死了呢?"占梦人按照晏子的指点回答说:"您所患的肾病属阴,而双日属阳,一阴当然难敌二阳,这个梦说明您的病很快就会好了。"

　　齐景公听后,不觉大喜。由于放下了思想包袱,加之合理用药和改善饮食,不出数日,果然病就好了。为此,他决定重赏占梦人。可是占梦人却对齐景公说:"这不是我的功劳,是晏子教我这样说的。"齐景公又决定重赏晏子,而晏子则说:"我的话只有由占梦人来讲,才有效果;如果是我直接来说,大王一定不肯相信。所以,这件事应该是占梦人的功劳,而不能记在我的名下。"

　　最后,齐景公同时重赏了晏子和占梦人,并且赞叹道:"晏子不与人争功,占梦人也不隐瞒别人的智慧,这都是君子所应具备的可贵品质啊。"

改变一生的寓言故事

人生真谛

　　在名和利面前,晏子与占梦人都有一个正确的态度,既不夺人之功,也不掠人之美。真诚谦让,这种君子之风值得后人效法与发扬。

山鸡起舞

天生美丽的山鸡，浑身长满了五颜六色的羽毛，在阳光的照耀下熠熠生辉、鲜艳夺目，叫人赞叹不已。山鸡也很为这身华羽而自豪，非常怜惜自己的美丽。它在山间散步的时候，只要来到水边，瞧见水中自己的影子，它就会翩翩起舞，一边跳舞一边骄傲地欣赏水中倒映出的自己那绝世无双的舞姿。

魏武帝曹操当政的时候，有人从南方献给他一只山鸡。曹操十分高兴，召来了有名的乐工，为它奏起动听的曲子，好让山鸡跳舞歌唱。乐工卖力地又吹又打，可是山鸡却一点都不买账，充耳不闻，既不唱也不跳。曹操的手下人拿来美味的食物放在山鸡面前，山鸡连看都不看，无精打采地耷拉着脑袋走来走去。就这样，任凭大家想尽了办法，使尽了手段，始终都没办法逗得山鸡起舞。

曹操非常扫兴，气恼不已，斥责手下人说："你们这么多人，连一只山鸡都对付不了，还怎么做大事！"

曹操有一位十分钟爱的小儿子，名字叫做曹冲。曹冲自幼聪明伶俐，又博览群书、见识渊博。这时候，他动了动脑子，有了主意，于是就走上前对曹操说："父王，儿臣听说山鸡一向为自己的羽毛感到骄傲，所以一见到水中有自己的倒影，就会跳起舞来欣赏自己的美丽。何不叫人搬一面大镜子来放在山鸡面前，这样山鸡顾影自怜，就会自动跳起舞来了。"曹操听了拍手称妙，马上叫人将宫中最大的镜子抬过来，放在山鸡面前。山鸡慢悠悠地踱到镜子跟前，一眼看到了自己无与伦比的丽影，比在水中看到的还要清晰得多。它先是拍打着翅膀冲着镜子里的自己激动地鸣叫了半天，然后就扭动身体、舒展步伐，翩翩起舞了。

山鸡迷人的舞姿让曹操看得呆了，连连击掌，赞叹不已，也忘了叫人把镜子抬走。

可怜的山鸡，对影自赏，不知疲倦，无休无止地在镜子前拼命地又唱又跳。最后，它终于耗尽了最后一点力气，倒在地上死去了。

山鸡的确美丽，但它的虚荣心也实在太强了，以致于受人愚弄。

人生真谛

我们可不能让虚荣心、好胜心战胜了理智，否则就会遭到惨败。

改变一生的寓言故事

蔡邕救琴

　　东汉名臣蔡邕为人正直,性格耿直诚实,眼里容不下沙子,对于一些不好的现象,他总是敢于对灵帝直言相谏。这样,他顶撞灵帝的次数多了,灵帝渐渐讨厌起他来。再加上灵帝身边的宦官也对他的正直又恨又怕,常常在灵帝面前进谗言,说他"目无皇上,骄傲自大,早晚会有谋反的可能",蔡邕的处境越来越危险。他自知已成了灵帝的眼中钉、肉中刺,随时有被加害的危险,于是就打点行李,从水路逃出了京城,远远来到吴地,隐居了起来。蔡邕爱好音乐,他本人也通晓音律,精通古典乐,在弹奏中如有一点小小的差错也逃不过他的耳朵。蔡邕尤擅弹琴,对琴很有研究,关于琴的选材、制作、调音,他都有一套精辟独到的见解。从京城逃出来的时候,他舍弃了很多财物,就是一直舍不得丢下家中那把心爱的琴,随时将它带在身边,时时细加呵护。

　　在隐居吴地的那些日子里,蔡邕常常抚琴,借用琴声来抒发自己壮志难酬反遭迫害的悲愤和感叹前途渺茫的怅惘。

　　有一天,蔡邕坐在房里抚琴长叹,女房东在隔壁的灶间烧火做饭,她将木柴塞进灶膛里,火星乱蹦,木柴被烧得"劈里啪啦"地响。忽然,蔡邕听到隔壁传来一阵清脆的爆裂声,不由得心中一惊,抬头竖起耳

改变一生的寓言故事

朵细细听了几秒钟，大叫一声"不好"，跳起来就往灶间跑。

来到炉火边，蔡邕也顾不得火势大，伸手就将那块刚塞进灶膛当柴烧的桐木拽了出来，大声喊道："快别烧了，别烧了，这可是一块做琴的难得一见的好材料啊！"蔡邕的手被烧伤了，他也不觉得疼，惊喜地在桐木上又吹又摸。好在抢救及时，桐木还很完整，蔡邕就将它买了下来。然后精雕细刻，一丝不苟，费尽心血，终于将这块桐木做成了一张琴。这张琴弹奏起来音色美妙绝伦，盖世无双。

这把琴流传下来，成了世间罕有的珍宝，因为它的琴尾被烧焦了，人们叫它"焦尾琴"。

灵帝不识人才，使蔡邕落魄他乡；而焦尾琴又何其有幸，遇到了蔡邕这样慧眼识良材的音乐专家，终于使一身英华得以展现。

人生真谛

要爱惜人才、尊重人才，要善于发现别人的才能并合理地使用，做到人尽其才。

改变一生的寓言故事

挥 斧 如 风

战国时期,有一位有名的哲学家叫惠施,他与庄子是好朋友,但在哲学上他们又是一对观点不同的对手。庄子与惠施经常在一起讨论切磋学问。他们在互相争论研讨中不断深化、提高各自的学识。特别是庄子,从惠施那里受到很多启发。后来惠施死了,庄子再也找不到像他那样才智过人、博古通今,能与自己交心、驳难、使自己受益匪浅的朋友了。因此,庄子感到十分痛惜。

一天,庄子给一个朋友送葬,路过惠施的墓地,伤感之情油然而生。为了缅怀这位不同凡响的朋友,他回过头去给同行的人讲了一个故事:

在楚国的都城郢地,有这样一个泥水匠。有一次,他在自己的鼻尖上涂抹了一层像苍蝇翅膀一样又薄又小的白灰,然后请自己的朋友、一位姓石的木匠用斧子将鼻尖上的白灰砍下来。石木匠点头答应了。只见他毫不犹豫地飞快抡起斧头,一阵风似的向前挥去,一眨眼工夫就削掉了泥水匠鼻尖上的白灰。看起来,石木匠挥斧好像十分随意,但他却丝毫没有伤着泥水匠的鼻子;泥水匠呢,接受挥来的斧子也算是不要命的,可他却稳稳当当地站在那里,面不改色心不跳,泰然自

改变一生的寓言故事

改
变
一
生
的
寓
言
故
事

若。倒是旁边的人为他们捏了一把冷汗。后来,这件事被宋元君知道了。宋元君十分佩服这位木匠的高超技艺,便派人把他找了去。宋元君对姓石的木匠说:"你能不能再做一次给我看看?"木匠摇摇头说:"小人的确曾经为朋友用斧头砍削过鼻尖上的白灰。但是现在不行了,因为我的这位好朋友现在已不在人世了,我再也找不到像他那样跟我配合默契的人了。"

庄子讲完了故事,十分伤感地看着惠施的坟墓,长叹了一口气,然后自言自语地说:"自从惠施先生去世以后,我也失去了与我配合的人,直到现在,我再也没有能够找到一位与我进行辩论的人了!"

人生真谛

高深的学问和精湛技艺的产生,依赖于一定的外界环境;千金易得,知音难求。

造 剑 的 人

楚国有一位专为大司马造剑的工匠,虽然有 80 高龄,仍然能打造出锋利无比、光芒照人的宝剑。

"您老人家年事已高,剑仍旧造得这么好,是不是有什么窍门?"大司马赞叹老匠人高超的技艺。

老工匠听了主人的夸奖,心中有些不自在,他告诉大司马:"我造了一辈子剑,我在 20 岁时就喜欢造剑。除了剑,我对其他东西全然不顾,不是剑的其他东西从不去细看,一晃就过了 60 余年。"

大司马听了老工匠的自白,更是钦佩他的献身精神。虽然他没有谈造剑的窍门,但他揭示了一条通向成功的道理。他专注于造剑技艺,几十年如一日,执著的追求使他掌握了造剑工艺,进而达到一种高妙的境界。有了这样的精神,哪有造出的剑不是又锋利又光亮的道理?!

改变一生的寓言故事

人生真谛

世上无难事,只怕有心人。种瓜得瓜,种豆得豆。精湛的技艺,丰硕的收获,事业的成功,都是靠专心致志、终身追求而取得的。

改变一生的寓言故事

越 石 父

　　晏子路过赵国的中牟，远远地瞧见有一个人头戴破毡帽，身穿反皮衣，正从背上卸下一捆柴草，停在路边歇息。走近一看，晏子觉得此人的神态、气质、举止都不像个粗野之人，却为什么会落到如此寒碜的地步呢？于是，晏子让车夫停车，并亲自下车询问："你是谁？是怎么到这儿来的？"

　　那人如实相告："我是齐国的越石父，3 年前被卖到赵国的中牟，给人家当奴仆，失去了人身自由。"

　　晏子又问："那么，我可以用钱物把你赎出来吗？"越石父说："当然可以。"于是，晏子就用自己车左侧的一匹马作代价，赎出了越石父，并同他一道回到了齐国。

　　晏子到家以后，没有跟越石父告别，就一个人下车径直进屋去了。这件事使越石父十分生气，他要求与晏子绝交。晏子百思不得其解，派人出来对越石父说："我过去与你并不相识，你在赵国当了 3 年奴仆，是我将你赎了回来，使你重新获得了自由。应该说我对你已经很不错了，为什么你这么快就要与我绝交呢？"

　　越石父回答说："一个自尊而且有真才实学的人，受到不知底细的人的轻慢，是不必生气的；可是，他如果得不到知书识理的朋友的平等相待，他必然会愤怒！任何人都不能自以为对别人有恩，就可以不尊重对方；同样，一个人也不必因受惠而卑躬屈膝，丧失尊严。晏子用自己的财产赎我出来，是他的好意。可是，他在回国的途中，一直没有给我让座，我以为这不过是一时的疏忽，没有计较；现在他到家了，却只管自己进屋，竟连招呼也不跟我打一声，这不说明他依然在把我当奴仆看待吗？因此，我还是去做我的奴仆好，请晏子再把我卖了吧！"

晏子听了越石父的这番话，赶紧出来对越石父施礼道歉。他诚恳地说："我在中牟时只是看到了您不俗的外表，现在才真正发现了您非凡的气节和高贵的内心。请您原谅我的过失，不要弃我而去，行吗？"从此，晏子将越石父尊为上宾，以礼相待，渐渐地，两人成了相知甚深的好朋友。

改变一生的寓言故事

人生真谛

为别人做了好事时，不能自恃有功，傲慢无礼；受人恩惠的人，也不应谦卑过度，丧失尊严。谁都有帮助别人的机会，谁也会遇到需要别人帮助的难题，只有大家真诚相处，平等相待，人间才有温暖与和谐。

燕 人 还 国

　　有一个在楚国长大的燕国人,因为思念故乡心切,不顾年事已高,独自一人不辞劳苦,千里迢迢去寻故里。

　　他在半路上遇到一个北上的人。两人自我介绍以后,很快结成了同伴。他们一路上谈天说地,起居时互相照应,因此赶起路来不觉得寂寞,时间仿佛过得很快。不知不觉,他们就到了晋国的地界。

　　可是这个燕国人没有想到与自己朝夕相处、一路风尘的同伴竟在这时使出了捉弄人的花招。他的那个同伴指着前面的晋国城郭说道:"你马上就要到家了。前面就是燕国的城镇。"

　　这燕人一听,一股浓厚的乡情骤然涌上心头。他一时激动得说不出话来。他的两眼被泪水模糊了,脸上怆然失色。

　　过了一会儿,那同伴指着路边的土神庙说:"这就是你家乡的土神庙。"燕人听了以后,马上叹息起来。家乡的上神庙可是保佑自己的先辈在这块燕国的土地上繁衍生息的圣地呵!他们再往前走,那同伴指着路边的一栋房屋说:"那就是你的先辈住过的房屋。"燕人听了这话,顿时热泪盈眶,滚滚的泪水把他的衣衫也弄湿了。祖居不仅是父母、祖辈生活过的城堡,而且是自己出生的摇篮。祖居该有多少动人的往事和令人怀念的神圣而珍贵的东西呵！那同伴看到自己的谎话已经在燕人身上起了作用，心里暗暗为这种骗人的诡计自鸣得意。他为了进一步推波助澜，拿燕人取乐，没有等燕人的心情平静下来，又指着附近的一座土堆说道："那就是你家的祖坟。"

这燕人一听，更是悲从中来。自己的祖辈和生身的父母都安息在眼前的坟墓里。这座祖坟不就是自己的根吗？虽然说这个燕人已年至花甲，然而他站在阔别多年的先辈坟前，却感到自己像一个失去了爹娘的孤苦伶仃的孩子，再也禁不住强烈的心酸，一个劲地放声痛哭起来。

到了这个地步，那同伴总算看够了笑话。他忍不住满腹地畅快，哈哈大笑起来，像个胜利者一样。那同伴对燕人解嘲地说："算了，算了，别把身子哭坏了。我刚才是骗你的。这里只是晋国，离燕国还有几百里地哩。"听了同伴这么一说，燕人知道上了当。他怀乡念旧的虔诚心情顿时烟消云散。紧接着占据他心灵的情感是，他对因轻信别人而导致的过度冲动深感难堪。

当这个燕国人真正到了燕国的时候，燕国的城镇和祠庙，先辈的房屋和坟墓，已不像他在晋国见到的城市、祠庙、房屋和坟墓那样具有感召力了。回到了自己真正的家乡，他触景生情的伤感反而减弱了。

在几十年里蓄积起来的一腔思乡激情提前在晋国爆发，随后又遭到了亵渎。因此，当他真的到了故乡，不仅再也无法重新积聚刚踏上归途时的那股强大的追求力量，而且神圣的信仰也被欺诈蒙上了一层暗淡的阴影。

人生真谛

要用真诚的态度对待朋友和自己的事业；只有理性才能教导我们认识善恶，使我们喜善恨恶。良心尽管不依存于理性，但没有理性，良心就不能得到发展。

改变一生的寓言故事

不死之药

有一天,楚国王宫来了一位声称给楚王献长生不老药的人。宫廷的守门官捧着药进宫去,碰上宫中的卫士。卫士问:"你拿的是什么好东西?"

守门官说:"是不死的药。"卫士说:"是可以吃的吗?"

守门官说:"当然是可以吃的呀。"

于是卫士从守门官手里夺过药就把它吃下去了。

楚王知道后,非常生气,立即派人去将卫士抓来,要将卫士斩首。可是卫士不慌不忙地对楚王说:"大王先息怒,请听我说。我曾问过守门官这药能不能吃,他说可以吃,我才吃的。我是一个位居守门官之下的卑微小臣,我在征得守门官同意以后才吃那药的,因此我是无罪的。如果说那药是献给大王的,别人吃了就算是犯罪,那么这罪责应该由守门官来承担。再又说回来,如果那人献给大王您的真是不死之药,您就不该杀我,因为如果您把我杀了,那药岂不是死药吗?这么看来,那人把送给您的死药说成是不死之药而大王还准备重赏他,就说明他分明是在欺骗您。大王您如果杀了我一个无罪的小臣,等于是向世人宣布您被人欺骗的丑闻。大王您这样贤明的君主怎么也会被人欺骗呢？您倒不如饶恕我，把我放了，这么一来，世人将会称颂您的英明和大度。"

　　楚王听了卫士的一番话，觉得很有道理，于是下令把卫士放了。其实这个卫士得以活下来，并不是什么"不死之药"的魔力，而是全凭着自己的聪明才智。他用了一个逻辑的二维推理与楚王辩论，戳穿了"不死之药"的谎言。

人生真谛

　　只要有科学的头脑，一个"小人物"也可以不畏君主的强暴，在坚持真理的斗争中做出成绩。

改变一生的寓言故事

自相矛盾

有个楚国人在集市上卖矛和盾，为了招徕顾客，他夸大其词、言过其实地高声叫卖。

他首先举起了手中的盾，向着过往的行人大肆吹嘘："列位看官，请瞧我手上的这块盾牌，这可是用上好的材料一次锻造而成的好盾呀，质地特别坚固，任凭您用什么锋利的矛也不可能戳穿它！"一番话说得人们纷纷围拢来，仔细观看。

接着，这个楚人又拿起了靠在墙根的矛，更加肆无忌惮地夸口道："诸位豪杰，再请看我手上的这根长矛，它可是经过千锤百炼打制出来的好矛呀，矛头特别锋利，不论您用如何坚固的盾来抵挡，也会被我的矛戳穿！"此番大话一经出口，听得人个个目瞪口呆。

过了一会儿，只见人群中站出来一条汉子，指着那位楚人问道："你刚才说，你的盾坚固无比，无论什么矛都不能戳穿；而你的矛又是锋利无双，无论什么盾都不可抵挡。那么请问：如果我用你的矛来戳你的盾，结果又将如何？"楚人听了，无言以对，只好涨红着脸，赶紧收拾好他的矛和盾，灰溜溜地逃离了集市。

楚人说话绝对化，前后自相矛盾，不能自圆其说，难免陷入尴尬境地。要知道,戳不破的盾与戳无不破的矛是不可能并存于世的。

人生真谛

　　我们无论做事说话,都要注意留有余地,不要做满说绝而走极端。

改变一生的寓言故事

棘 刺 刻 猴

　　燕王有挥霍重金收藏各种精巧玩物的嗜好。"燕王好珍玩"的名声闻名天下。

　　有一天，一个卫国人到燕都求见燕王。他见到燕王后说："我听说君王喜爱珍玩，所以特来为您在棘刺的顶尖上刻猕猴。"燕王一听非常高兴。虽然王宫内有金盘银盏、牙雕玉器、钻石珠宝、古玩真迹，可是从来还没有听说过棘刺上可以刻猕猴。因此，燕王当即赐给那卫人享用 30 方里的俸禄。随后，燕王对那卫人说："我想马上看一看你在棘刺上刻的猴。"

76

　　那卫人说："棘刺上的猕猴不是一件凡物，有诚心的人才能看得见。如果君王在半年内不入后宫、不饮酒食肉，并且赶上一个雨过日出的天气，抢在阴晴转换的那一瞬间去看刻有猕猴的棘刺，届时您将如愿以偿。"

　　不能马上看到棘刺上刻的猕猴，燕王只好拿俸禄先养着那个卫人，等待有了机会再说。

　　郑国台下地方有个铁匠听说了这件事以后，觉得其中有诈，于是去给燕王出了一个主意。这匠人对燕王说："在竹、木上雕刻东西，需要有锋利的刻刀。被雕刻的物体一定要容得下刻刀的锋刃。我是一个打制刀斧的匠人,据我所知,棘刺的顶尖与一个技艺精湛的匠人专心制作的刻刀锋刃相比,其锐利程度有过之而无不及。既然棘刺的顶尖连刻刀的锋刃都容不下,那怎样进行雕刻呢?如果那卫人真有鬼斧神工,必定有一把绝妙的刻刀。君王用不着等上半年,只要现在看一下他的刻刀,立即就可知道用这把刀能否刻出比针尖还小的猕猴。"

燕王一听,拍手说道:"这主意甚好!"燕王把那卫人召来问道:"你在棘刺上刻猴用的是什么工具?"卫人说:"用的是刻刀。"燕王说:"我一时看不到你刻的小猴,想先看一看你的刻刀。"卫人说:"请君王稍等一下,我到住处取来便是。"燕王和在场的人等了约一个时辰,还不见那卫人回来。燕王派侍者去找。侍者回来后说道:"那人已不知去向了。"

这件事中的虚伪,在实际验证之前即被一个铁匠用推理方法迅速戳穿,从而显示了劳动者的智慧,也嘲讽了封建统治者的无知无能。

人生真谛

正确的推理方法跟实践活动一样,是我们认识世界的重要法宝。

改变一生的寓言故事

曾子杀猪

一个晴朗的早晨,曾子的妻子梳洗完毕,换上一身干净整洁的蓝布新衣,准备去集市买一些东西。她出了家门没走多远,儿子就哭喊着从身后撵了上来,吵着闹着要跟着去。孩子不大,集市离家又远,带着很不方便。因此曾子的妻子对儿子说:"你回去在家等着,我买了东西一会儿就回来。你不是爱吃酱汁烧的蹄子、猪肠炖的汤吗?我回来以后杀了猪就给你做。"这话倒也灵验。她儿子一听,立即安静下来,乖乖地望着妈妈一个人远去。

曾子的妻子从集市回来时,还没跨进家门就听见院子里捉猪的声音。她进门一看,原来是曾子正准备杀猪给儿子做好吃的东西。她急忙上前拦住丈夫,说道:"家里只养了这几头猪,都是逢年过节时才杀的。你怎么拿我哄孩子的话当真呢?"曾子说:"在小孩面前是不能撒谎的。他们年幼无知,经常从父母那里学习知识,听取教诲。如果我们现在说一些欺骗他的话,等于是教他今后去欺骗别人。虽然做母亲的一时能哄得过孩子,但是过后他知道受了骗,就不会再相信妈妈的话。这样一来,你就很难再教育好自己的孩子了。"曾子的妻子觉得丈夫的话很有道理,于是心悦诚服地帮助曾子杀猪去毛、剔骨切肉。不一会儿,曾子的妻子就为儿子做好了一顿丰盛的晚餐。

曾子用言行告诉人们,为了做好一件事,哪怕对孩子,也应言而有信,诚实无诈。身教重于言教。

人生真谛

一切做父母的人,都应该像曾子夫妇那样讲究诚信,用自己的行动做表率,去影响自己的子女和整个社会。

改变一生的寓言故事

鸥鸟与青年

　　从前,有位非常喜欢鸥鸟的青年住在海边,他经常亲近鸥鸟,鸥鸟也乐于亲近他。每天早晨,当他摇船出海的时候,总有一大群鸥鸟尾随在他的渔船四周,或在空中盘旋,或径直落在他的肩上、脚下、船舱里,自由自在地与青年一道嬉戏玩耍,久久不愿离去,人鸟相处十分和谐。

　　后来,青年的父亲听说了这件事,就对他说:"人家都说海上的鸥鸟喜欢跟你一道玩耍,毫无戒备,你何不乘机抓几只回来,也给我玩玩?"他于是满口答应道:"这有何难?"

　　第二天,青年早早地出了家门,他将小船摇出海面,焦急地等待着鸥鸟们的到来。可是,那些聪明的鸥鸟早已经看出了他今日的神情不对,因此总是在空中盘旋,而不肯落到他的船上。当青年准备伸手抓它们的时候,鸥鸟们就"呼"的一声全飞走了,青年只好干瞪眼。

人生真谛

　　彼此交往要想达到和谐友好的境界,必须以互相真诚为前提。如果你自以为聪明,耍心机去算计朋友,那么朋友必然会弃你而去。

改变一生的寓言故事

求千里马

　　有一个国君非常喜爱骏马，为了得到一匹胯下良驹，曾许以一千金的代价买一匹千里马。普天之下，可以拉车套犁、载人驮物的骡、马、驴、牛多得是，而千里马则十分罕见。派去买马的人走镇串乡，像大海里捞针一样，三年的时间过去了，连个千里马的影子也没有见到。一个宦官看到国君因得不到朝思暮想的千里马而怏怏不乐，便自告奋勇地对国君说："您把买马的任务交给我吧！只须您耐心等待一段时间，届时定会如愿以偿。"国君见他态度诚恳、语气坚定，仿佛有取胜的秘诀，因此答应了他的请求。这个宦官东奔西走，用了 3 个月时间，总算打听到千里马的踪迹。可是当宦官见到那匹马时，马却死了。虽然这是一件令人非常遗憾的事，但是宦官并不灰心。马虽然死了，但它却能证明千里马是存在的；既然世上的确有千里马，就用不着担心找不到第二匹、第三匹，甚至更多的千里马。想到这里，宦官更增添了找千里马的信心。他当即用 500 金买下了那匹死马的头，兴冲冲地带着马头回去面见国君。宦官见了国君，开口就说："我已经为您找到了千里马！"国君听了大喜。他迫不及待地问道："马在哪里？快牵来给我看！"宦官从容地打开包裹，把马头献到国君面前。看上去虽说是一匹气度非凡的骏马的头,然而毕竟是死马!那马惨淡无神的面容和散发的腥臭使国君禁不住一阵恶心。猛然间,国君的脸色阴沉下来。他愤怒地说道:"我要的是能载我驰骋沙场、云游四方、日行千里的活马,而你却花 500 金的大价钱买一个死马的头。你拿死马的头献给我,到底居心何在?!"宦官不慌不忙地说:"请国君不要生气,听我细说分明。世上的千里马数量稀少,不是在养马场和马市上轻易见得到的。我花了 3 个月时间,好不容易才遇见一匹这样的马,用 500 金买下死马的头,仅仅是为了抓住一次难得的机会。这马头可以向大家证明千里马并不是子虚乌有的,只要我们有决心去找,就一定能找到;用 500 金买一匹死马的头,等于向天下发出一个信号,这可以向人们昭示国君买千里马的诚意和决心。如果这一消息传扬开去,即使有千里马藏匿于深山密林、海角天涯,养马人听到了君王是真心买马,必定会主动牵马纷至沓来。"

果然不出宦官所料,此后不到一年的时间,接连有好几个人领着千里马来见国君。

人生真谛

　　为了做成一件大事,首先必须要有诚意和耐心。而一个人谋事的决心,不仅仅是反映在口头上,更重要的是应该用实际行动来体现。

人贵有自知之明

　　齐国的丞相邹忌身高 8 尺,体格魁梧,相貌堂堂。与邹忌同住一城的徐公也长得一表人才,是齐国有名的美男子。一天早晨,邹忌起床后,穿好衣服、戴好帽子,信步走到镜子面前仔细端详全身的装束和自己的模样。他觉得自己长得的确与众不同、高人一等,于是随口问妻子说:"你看,我跟城北的徐公比起来,谁更漂亮?"

　　他的妻子走上前去,一边帮他整理衣襟,一边回答说:"您长得多漂亮啊,那徐先生怎么能跟您比呢?"

　　邹忌心里不大相信,因为住在城北的徐公是大家公认的美男子,自己恐怕还比不上他,所以他又问他的妾,说:"我和城北徐公相比,谁漂亮些呢?"他的妾连忙说:"大人您比徐先生漂亮多了,他哪能和大人相比呢?"

　　第二天,有位客人来访,邹忌陪他坐着聊天,想起昨天的事,就顺便又问客人说:"您看我和城北徐公相比,谁漂亮?"客人毫不犹豫地说:"徐先生比不上您,您比他漂亮多了。"

　　邹忌如此作了三次问答,大家一致都认为他比徐公漂亮。可是邹忌是个有头脑的人,并没有就此沾沾自喜而认为自己真的比徐公漂亮。恰巧过了一天，城北徐公到邹忌家登门拜访。邹忌第一眼就被徐公那气宇轩昂、光彩照人的形象怔住了。两人交谈的时候，邹忌不住地打量着徐公。他自觉自己长得不如徐公。为了证实这一结论，他偷偷从镜子里面看看自己，再调过头来瞧瞧徐公，结果更觉得自己长得比徐公差。

晚上，邹忌躺在床上，反复地思考着这件事。既然自己长得不如徐公，为什么妻、妾和那个客人却都说自己比徐公漂亮呢？想到最后，他总算找到了问题的症结。邹忌自言自语地说："原来这些人都是在恭维我啊！妻子说我美，是因为偏爱我；妾说我美，是因为害怕我；客人说我美，是因为有求于我。看起来，我是受了身边人的恭维赞扬而认不清真正的自我了。"

人生真谛

　　人在一片赞扬声里一定要保持清醒的头脑，特别是居于领导地位的人，更要有自知之明，这样才不至于迷失方向。

85

改变一生的寓言故事

说话要看对象

一天,孔子带着他的学生外出讲学,走到一片树阴下,正准备吃点干粮、喝点水,不料,孔子的马挣脱了缰绳,跑到庄稼地里去吃了人家的麦苗。一个农夫上前抓住马嚼子,将马扣下了。

子贡是孔子最得意的学生之一,一贯能言善辩。他凭着不凡的口才,自告奋勇地上前去企图说服那个农夫,争取和解。可是,他说话文绉绉,满口之乎者也,天上地下,将大道理讲了一串又一串,尽管费尽口舌,可农夫就是听不进去。

有一位刚刚跟随孔子不久的新学生,论学识、才干远不如子贡。当他看到子贡与农夫僵持不下的情景时,便对孔子说:"老师,请让我去试试看。"

于是他走到农夫面前,笑着对农夫说:"你并不是在遥远的东海种田,我们也不是在遥远的西海耕地,我们彼此靠得很近,相隔不远,我的马怎么可能不吃你的庄稼呢?再说了,说不定哪天你的牛也会吃掉我的庄稼哩,你说是不是?我们该彼此谅解才是。"

农夫听了这番话,觉得很在理,责怪的意思也消释了,于是将马还给了孔子。旁边几个农夫也互相议论说:"像这样说话才算有口才,哪像刚才那个人，说话不中听。"

人生真谛

　　说话必须看对象、看场合，否则，你再能言善辩，别人不买你的账也是白搭。

改变一生的寓言故事

宋 王 出 逃

　　自周武王灭商,由周公赐地封侯以来,地处中原腹地的小国宋国的统治者一直过着苟且偷安、无所作为的生活。乃至春秋末年,强大的齐国起兵攻打宋国时,宋王还没有警觉。他虽然派了人去了解齐兵进犯的情况,但是对打听消息的人提供的情况并不相信。他派的探马回来说:"齐兵已经迫近,都城里的人都很恐惧。"宋王身边的大臣却说:"他这种说法分明是在动摇人心,是一种'肉自生虫'的表现,自己先从内部腐烂了。以宋国的强大和齐国的弱小而论,哪里就会危险到这种地步呢?"宋王听了这样的解释,立即以欺君之罪杀了那个探马。紧接着,宋王又派一个人再去了解齐兵的动向。使者回来以后说的情况和前一次没有两样。宋王愤怒之下又杀了这个使者。

　　在很短的时间内,宋王竟一连下令杀了3个使者。

　　随后宋王又派了一个人出去侦察。这个人出了城没走多远就发现了齐兵。他在回城的路上碰到了自己的哥哥。哥哥问道:"齐国马上就要兵临城下,宋国的都城危在旦夕,你现在打算到哪里去?"弟弟回答说:"我受宋王之遣出来侦察敌情,没想到敌人已经这么近了。我正想回城报告敌兵迫近、国人恐慌的情况,但是又怕落得如同前几个使者那样的下场。讲真话会死，不讲真话被人发现恐怕也会死，所以此刻我不知如何是好！"他哥哥对他说："你千万不能再报告实情了。只要不是立即就死，即使齐兵攻破了城池，你还有一线逃生的希望。然而你若报告了实情，肯定会比别人先死。"弟弟按照哥哥的意图去做了。他回报宋王说："我出北门骑着马跑了好大一阵工夫，连个齐兵的影子也没见到。刚才进城后我看到各家各户都很安定。"宋王听了这话非常高兴。那些粉饰太平的大臣们借机表功地说："先前的那几个探子真死得应该。"欢喜之下，宋王赏了这个使者很多金钱。此后不久，城门外齐兵旌旗如林、杀声震天。宋王看到大势已去，悔之莫及。他在仓皇之中带了几个护身的将领，匆忙跳上马车逃跑了。因为形势紧迫，没有人去追究这个撒谎的使者。他趁都城上下一片混乱，逃离了宋国。后来他在别的国家竟然成了一个大富翁。而宋王及其宠臣，仅凭自己的主观意愿去判断别人言行的真伪，结果弄得国破家亡。

89

人生真谛

　　深入实际搜集第一手资料，以事实为根据对问题下结论，这是我们各项事业取得成功的根本保证。

改变一生的寓言故事

本领不分大小

公孙龙在赵国的时候,曾对他的弟子们说:"我喜欢有学识、有本领的人。没有本领的人,我是不愿和他在一起的。"

他手下有不少弟子,个个都身怀技艺,各有一套本领。有个人听说了公孙龙,便前来求见,要求公孙龙收他做弟子。公孙龙见那人相貌平平,粗布衣帽,便问:"我不结交没有本领的人,不知你有什么本领?"

那人说:"大的本事我没有,只是我有一副好嗓门,我能喊出很大的声音,使离得很远的人也能听到。一般没有人能像我一样。"公孙龙回头问他的弟子们:"你们中间有没有喊声很大的人?"

弟子们争相回答说:"我们都能喊大声。"说着还用眼斜瞟着那个前来求见的人,显出一种不屑的眼神。

那人说:"我喊出的大声,非常人可比。"公孙龙很有兴趣地说:"那你们比试比试。"

于是弟子们推选了他们之中声音最大的一个做代表,与那人一起走到五百步开外的一座小丘背后,向公孙龙这边喊话。结果,除了那个人的声音外听不见弟子的半点声响。于是公孙龙把那人收留下来。

可是，弟子们依然不免暗暗发笑，喊声大又算什么本领，喊声大派得上什么用场呢？老师是斯文人，难道要找个一天到晚替自己吵架、吼叫的人吗？弟子们都不以为然。

过了不久，公孙龙到燕国去见燕王，他带着弟子们上路了。走了一段，不料碰到一条很宽的大河。可是河的这一边见不到船，远远望见河对岸却停着一只小船，艄公蹲在船尾正无事可干。

公孙龙马上吩咐那个刚收留的大嗓门弟子去喊船。那弟子双手合成喇叭状，放开嗓子大喊一声："喂……要船啦……"喊声亮如洪钟，直达对岸，那对岸船上的艄公随声站起身来，喊声的余音还在河两岸回响，以致慢慢传到很远很远的地方。

对岸那只船很快摇了过来，公孙龙一行人上了船，原先那些不以为然的弟子深深佩服老师及那位新来的朋友。

人生真谛

只要是本领，它总有用处，我们不应该排斥或看不起小本领。在关键时刻，小本领也能派上大用场。

改变一生的寓言故事

宋玉进谗

宋玉相貌英俊,穿戴华丽,风流倜傥,又写得一手好文章,深得妇女们的倾慕。楚王欣赏他的才华,也很宠幸他,给他自由出入后宫的特权,以便宋玉能写出可供宠妃演唱的歌词来。但是宋玉这个人的品质实在不怎么样,他十分好色,仗着楚王的信赖,常到后宫中和楚王的妃子们接近。日久生情,竟跟妃子们私通起来。天下没有不透风的墙,时间一长,就有些风声走漏出去,影响很不好。楚国大夫登徒子是个刚直不阿的大臣,他也听到了一些不好的传闻,就去跟楚王进谏说道:"大王,宋玉这个人长得很好看,又有一张能说会道的巧嘴,很能讨妇女们的喜欢。他又非常好色,不是个能洁身自好的人,您让他这样肆无忌惮地进出后宫,恐怕不太方便,要是万一惹出什么事来,岂不有损王室的威严?还是不要再让他接近妃子们了吧!"楚王听了,不禁有些心动。

不知怎么的,这件事却传到了宋玉的耳朵里。他勃然大怒,气急败坏地跑到楚王那里去,先替自己辩解了一番,说自己实在冤枉,因为才学高又得到楚王的恩宠,所以遭到别人的嫉妒和陷害。接着他便开始说登徒子的坏话,声色俱厉地告诉楚王:"其实真正好色的人,正是登徒子本人啊!"

楚王很吃惊,问道:"你这样说登徒子,有什么真凭实据吗?"

宋玉得意地说开了:"证据确凿!登徒子的老婆是一个非常难看的丑女人,她有一头乱蓬蓬的头发,嘴是三瓣的,牙齿稀疏,弯腰驼背,走起路来是个罗圈腿,东倒西歪。她全身还长满了疥疮。就是这样一个丑到极点的女人,登徒子还十分喜欢她,跟她连生了5个儿子,这不正说明他好色到了严重程度了吗?"

可怜登徒子连和他的丑妻感情好这件事都被宋玉用作攻击他好色的根据了。

人生真谛

只要想说一个人的坏话,是不愁找不到理由的。

改变一生的寓言故事

望洋兴叹

　　秋雨连绵不绝地下，河流里的水都注入了黄河。水势很大，到后来竟然漫过了黄河两岸的沙洲和高地。河面也被水涨得越来越宽阔，已经看不清对岸的牛马了。河神见状欢欣鼓舞，他自我陶醉，以为天下美景已尽收自己的流域。

　　河神洋洋得意顺流东下，到达北海。朝东望去一片汪洋，看不见边际，这使他顿时大吃一惊，一扫洋洋自得的神情。他眺望无边的海神，不禁大发感慨：俗话说的真是好，只有见识短浅的人，才认为自己高明。这说的正是我这类的人啊！一番反思，河神想到曾有人说过，即使是孔子的见闻与学识也还是有限的；伯夷的高尚品德也没能达到顶点。那时我并不相信这样的评价。今天我看到坦荡无垠的海神如此浩瀚广博，一望无际，在事实面前我才明白这话讲得对。要不，我的所作所为定会被深明大义的贤者所笑话。

　　听完河神的一番自省，海神开口了。他说："井里的青蛙由于受自身居住环境的限制，不可以同它讲大海；夏天的昆虫受季节的局限，不可以同它说冬天；见识浅的人孤陋寡闻，受教育有限，不会听懂大道理。现今，你河神走出河流两岸，眺望大海，开阔了眼界，知道自己渺小浅薄，才能同你谈谈大道理。"

人生真谛

世界是无限的，人们对世界的认识也是无止境的。知道少的人，往往以为自己不知道的也少；知道多的人，才会懂得自己不知道的也多。自我满足是知识浅薄、眼光短浅造成的。

井 底 之 蛙

一天,从东海来的大鳖碰见了从井底来的青蛙。青蛙看见大鳖,便对它心满意足地吹嘘自己的惬意:"你瞧我住在这儿多么快乐呀!我从井栏上蹦进浅井,可以在井壁的缝隙里小憩。在井水里游耍,水面就托住我的胳肢和下巴。在软绵绵的泥地上漫步,淤泥就漫过脚背。看看周围的红虫、小螃蟹,它们谁也不能比我自由自在。"井蛙喋喋不休地夸耀自己的安乐:"我独自享受这口井,得意洋洋地站着,真是快乐极了。"它对海鳖发话,"先生,请问您,为什么不常常来光临咱水井,游览观光一番呢?"

海鳖经不住井蛙的怂恿,抵不住它的诱惑,也走到井边去瞧瞧。谁知它的左足还没踏进井底,右足却被井栏绊住了。它进退不得,迟疑了一会儿,回到了原处。

海鳖算是亲自领教了一番青蛙炫耀不已的井边环境。它忍不住向井蛙介绍大海的景象:"我生活的大海用千里的遥远不足以形容海面的辽阔;用万尺深度不足以穷尽海底。在大禹时代,10 年中有 9 年遭水灾,海面也并不因此而上涨;商汤时代,8 年中有 7 年遇旱灾,海水也并不因此而下降。你要知道大海是不受旱涝影响而涨落的。这也就是我栖息在广阔东海的乐趣！"

小小井蛙听了大海鳖对大海的描述，吃惊地瞪着圆圆的小眼睛，满脸涨得绯红，羞愧得一句话也说不出来……

人生真谛

人的生存环境决定人的思想认识。只有开阔眼界，才能解放思想。自以为是、自鸣得意往往带来"闭关自守"、孤陋寡闻的结果。

97

改变一生的寓言故事

改变一生的寓言故事

神鸟与猫头鹰

　　惠施和庄子曾经是很要好的朋友,惠施被封为魏国的宰相后,庄子很替他高兴,启程去访见惠施。

　　庄子的行动传到小人那儿,他便歪曲庄子的来意,从中挑拨说,庄子此番进京拜访,来者不善,意在谋取相位。惠施一听,心里十分恐慌,害怕丧失官位,于是下令搜捕庄子。为了抓到他,整整在国都搜查了三天三夜。

　　惠施的举动被庄子知道了,庄子索性主动登门求见。惠施见庄子竟敢自投罗网,吃惊不已。庄子也不向惠施多解释,只是坐下来讲了一个故事:

　　在南方,传说中有一种神鸟,与凤凰同类,它从南海出发飞往北海。在途中,若不见高高的梧桐树,绝不栖息;不是翠竹与珍稀的果实,绝不食用;不遇甘甜的泉水,绝不畅饮。神鸟一路飞翔,它在天空看见地面上有只猫头鹰,正在啄食一只腐烂的死鼠。猫头鹰饥不择食,它在看见头顶上的神鸟后,以为是来抢食死鼠的,于是涨红了脸,羽毛竖起,怒目而视,作出决一死战的架势。它见神鸟仍在头顶飞翔,便对着它声嘶力竭地发出吓人的吼叫!

庄子把猫头鹰遇到神鸟的故事讲完后,坦然地走到惠施面前,笑着问他:"今天,您获取了魏国相位,看见我来了,是不是也要对我恫吓一番呢?"说完,庄子放声大笑,拂袖而去。

人生真谛

有远大志向的人追求高洁却不被世俗小人理解。贪求利禄的小人用阴暗的心理来猜测人格高尚者的行为。真可谓"以小人之心,度君子之腹"。寓言讽刺鞭挞了权迷心窍的人。

改变一生的寓言故事

任公子钓大鱼

传说，有一位胸怀大志的任公子做了一个硕大的钓鱼钩，用很粗很结实的黑绳子把鱼钩系牢，然后用15头阉过的肥牛做鱼饵，挂在鱼钩上去钓鱼。

　　任公子蹲在高高的会稽山上，他把钓钩甩进阔大的东海里。一天一天过去了，没见什么动静，任公子不急不躁，一心只等大鱼上钩。一个月过去了，又一个月也过去了，毫无成效，任公子依然不慌不忙，十分耐心地守候着大鱼上钩。一年过去了，任公子没有钓到一条鱼，可他还是毫不气馁地蹲在会稽山上，任凭风吹雨打，任公子信心依旧。又过了一段时间，突然有一天，一条大鱼游过来，一口吞下了钓饵。这条大鱼即刻牵着鱼钩一头沉入水底。它咬住大鱼钩只疼得狂跳乱奔，一会儿钻出水面，一会儿沉入水底，只见海面上掀起了一阵阵巨浪，如同白色山峰，海水摇撼震荡，啸声如排山倒海，大鱼发出的惊叫声如鬼哭狼豪，那巨大的威势让千里之外的人听了都心惊肉跳、惶恐不安。任公子最后终于征服了这条筋疲力尽的大鱼，他将这条鱼剖开，切成块，然后晒成肉干。任公子把这些肉干分给大家共享，从浙江以东到苍梧以北一带的人，全都品尝过任公子用这条大鱼制作的鱼干。多少年以后，一些既没本事又爱道听途说、评头品足的人，都以惊奇的口气互相传说着这件事情，似乎还大大表示怀疑。因为这些眼光短浅、只会按常规做事的人，只知道拿普通的鱼竿，到一些小水沟或河塘去，眼睛盯着鲵鲋一类的小鱼，他们要想像任公子那样钓到大鱼，当然是不可能的。

人生真谛

目光短浅的人难以和志向高远的人相比，浅陋无知的人也不能和具有经世之才的人相提并论，因为二者的差别实在太大了。

101

改变一生的寓言故事

游 水 之 道

一天,孔子在吕梁的瀑布边游览,突然看见一个汉子跳入水中畅游。孔子大吃一惊,以为这个汉子有什么伤心事欲寻短见,于是,他立即叫自己的学生顺着水流赶去救那个人。

不料,那汉子在游了几百步远的地方却又露出了水面,上得岸来,披着头发唱着歌,在堤岸边悠然地走着。

孔子赶上前去,诚恳地问他说:"我还以为你是个鬼呢,仔细一看,你实实在在是个人啊!请问,游水有什么秘诀吗?"

那汉子爽快地一笑说:"没有,我没有什么游水的秘诀,我只不过是开始时出于本性,成长过程中又按照天生的习性。最终能达到一种境地是因为一切都顺应自然。我能顺着漩涡一直潜到水底,又能随着漩涡的翻流而露出水面,完全顺着水流的规律而不以自己的生死得失来左右自己的行为,这就是我游水游得好的道理。"

孔子又问道:"什么叫做开始出于本性,成长中按照天生的习性,而有所成就是顺应自然呢?"

那汉子回答说:"如果我生在丘陵,我就去适应山地的生活环境,这叫做出自本来的天性,如果长在水边则去适应水边的生活环境,这就是成长顺着生来的习性；不是有意地去这样做却自然而然地这样做了，这就叫顺应自然。"

孔子听了汉子的一番话，若有所悟地点头而去。

人生真谛

聪明的人之所以有智慧，就在于他能找到生活中的规律并掌握规律，因此做什么事都会得心应手，并且能达到出神入化的境地。

改变一生的寓言故事

东野稷驾马车

鲁国有个叫东野稷的人，十分擅长于驾马车。一天，他去拜见鲁庄公，并为鲁庄公表演驾车。

他驾着马车，前后左右，进退自如，十分熟练。无论是进还是退，车轮的痕迹都像木匠画的墨线那样的直；无论是向左还是向右旋转打圈，车辙都像木匠用圆规划的圈那么圆。鲁庄公大开眼界。他满意地称赞说："你驾车的技巧的确高超。看来，没有谁比得上你了。"说罢，鲁庄公兴致未了地叫东野稷兜了一百个圈子再返回原地。

一个叫颜阖的人看到东野稷这样不顾一切地驾车用马，于是对鲁庄公说："我看，东野稷的马车很快就会翻的。"

鲁庄公听了很不高兴。他没有理睬站在一旁的颜阖，心里想着东野稷会创造驾车兜圈的纪录。但没过一会儿，东野稷的马果然累垮了。马一失前蹄，弄了个人仰马翻，东野稷因此扫兴而归，见了庄公很是难堪。

鲁庄公不解地问颜阖说："你是怎么知道东野稷的马要累垮的呢？"颜阖回答说："马再好，它的力气也总有个限度。我看东野稷驾的那匹马力气已经耗尽，可是他还要让马拼命地跑。像这样蛮干，马不累垮才怪呢。"听了颜阖的话,鲁庄公也无话可说。

人生真谛

世间万物,其能力总有一个限度。如果我们不认真把握这个限度,只是一味蛮干或瞎指挥,到时候只会弄巧成拙或碰钉子。

105

改变一生的寓言故事

杞 人 忧 天

　　春秋时代,有一个杞国人,成天担心天会突然塌陷下来,自己无处安身。他为此事而愁得成天吃饭不香、睡觉不宁。后来,他的一个朋友得知他的忧虑之后,担心这样下去会损害他的健康,于是特意去开导他说:"天,不过是一些积聚的气体而已。而气体是无处不在的,比如你抬腿弯腰,说话呼吸,都是在天际间活动,为什么你还要担心天会塌下来呢?"

　　那个杞国人听了,仍然心有余悸地问:"如果天是一些积聚的气体,那么天上的太阳、月亮、星星,会不会掉下来呢?"

　　他的朋友继续开导解释说:"太阳、月亮、星星,也都只是一些会发光的气团,即使掉下来了,也不会伤人的。"

　　可是杞国人的忧虑还没有完,他接着问:"那要是地陷下去了呢?又该怎么办?"

　　他的朋友又说:"地,不过是些堆积的石块而已,它填塞在东南西北四方,没有什么地方没有石块。比如,你站着踩着,都是在地上行走,为什么要担心它会陷下去呢?"

　　杞国人听了朋友的这一番开导之后,终于放下心来,十分高兴。

他的朋友也为他不再因无端的忧愁而伤身体,感到了欣慰。

这个时候,有位楚国的思想家名叫长卢子的,在听说了杞国人和朋友的对话之后,不以为然,他笑着评论道:"那些彩虹呀,云雾呀,风雨呀,一年四季的变化呀,所有这些积聚的气体共同构成了天;而那些山岳呀,河海呀,金木火石呀,所有这些堆积物共同构成了地。既然你知道天就是积气,地就是积块,你怎么能断定天与地不会发生变化呢?依我看,所谓天地,不过是宇宙间的一付小小物体,但它在有形之物中又是最大的一种,其本身并未终结,难以穷尽;因此人们对这件事也很难想像,不易认识,这都是很自然的。杞国人担心天会塌地会陷,这确实有点想得太远;然而他的朋友却说天塌地陷是根本不可能的,这也不对。天与地不可能不坏,而且终究是要坏的,有朝一日它真的要坏了,人们又怎么能不担心呢?"

对于这场争论,战国时的郑人列御寇也有说法。他认为:"说天与地会坏,是荒谬的;说天与地不会坏,也是荒谬的。天地到底会不会坏,我们目前尚不知道。不过,说天地会坏是一种见解,说天地不会坏也是一种见解。这就好像活人不知道死者的滋味,死者也不知道活人的情形;未来不晓得过去,过去也不能预测未来一样。既然如此,天地究竟会不会坏,我又何必放在心上呢?"

改变一生的寓言故事

人生真谛

对于一个时代所无法认知和解决的问题,人们不应该陷入无休止的忧愁之中而无法自拔。人生还是要豁达些好。

改变一生的寓言故事

造父学驾车

造父向泰豆氏学习驾车时,对老师十分谦恭有礼貌。

可是3年过去了,泰豆氏却连什么技术也没教给他,造父仍然执弟子礼,丝毫不息。这时,泰豆氏才对造父说:"古诗中说过:擅长造弓的巧匠,一定要先学会编织簸箕;擅长冶金炼铁的能人,一定要先学会缝接皮袄。你要学驾车的技术,首先要跟我学快步走。如果你走路能像我这样快了,你才可以手执6根缰绳,驾驭6匹马拉的大车。"

造父赶紧说:"我保证一切按老师的教导去做。"

泰豆氏在地上竖起了一根根的木桩,铺成了一条窄窄的仅可立足的道路。老师首先踩在这些木桩上,来回疾走,快步如飞,从不失足跌下。造父照着老师的示范去刻苦练习,仅用了3天时间,就掌握了快步走的全部技巧要领。

泰豆氏检查了造父的学习成绩后,不禁赞叹道:"你是多么机敏灵活啊,竟能这样快地掌握快行技巧!凡是想学习驾车的人都应当像你这样。从前你走路是得力于脚,同时受着心的支配;现在你要用这个原理去驾车,为了使6匹马走得整齐划一,就必须掌握好缰绳和嚼口,使马走得缓急适度,互相配合,恰到好处。你只有在内心真正领会和掌握了这个原理,同时通过调试适应了马的脾性,才能做到在驾车时进退合乎标准,转弯合乎规矩,即使跑很远的路也尚有余力。真正掌握了驾车技术的人,应当是双手熟练地握紧缰绳,全靠心的指挥,上路后既不用眼睛看,也不用鞭子赶;内心悠闲放松,身体端坐正直,6根缰绳不乱,24只马蹄落地不差分毫,进退旋转样样合于节拍,如果驾车达到了这样的境界,车道的宽窄只要能容下车轮和马蹄也就够了,无论道路险峻与平坦,对驾车人来说已经没有什么区别了。这些,就是我的全部驾车技术,你可要好好地记住它!"

人生真谛

　　要学会一门高超的技术,必须掌握过硬的基本功,然后才能得心应手,运用自如。学习驾车如此,做其他任何事情也都应当这样。

改变一生的寓言故事

两小儿辩日

　　孔子在周游列国时,有次要到东方的一个地方去,半路上看见有两个 10 岁左右的小孩在路边为一个问题争论不休,于是就让马车停下来,到跟前去问他们:"小朋友,你们在争辩什么呢?"

　　其中一个小孩先说道:"我认为太阳刚出来的时候离我们近一些,中午时离我们远些。"

　　另一个小孩的看法正好相反,他说:"我认为太阳刚升起来时远些,中午时才近些。"先说的那个小孩反驳说:"太阳刚出来时大得像车盖,到了中午,就只有盘子那么大了。这不是远的东西看起来小,而近的东西看起来大的道理吗?"另一个小孩自然也有很好的理由,他说:"太阳刚升起来时凉飕飕的,到了中午,却像是火球一样使人热烘烘的。这不正是远的物体感到凉,而近的物体使人觉得热的道理吗?"

　　两个小孩不约而同地请博学多识的孔子来做"裁判",判定谁是谁非。可这个看似简单的问题却把能言善辩的孔老先生也难住了,因为当时自然科学还不发达,很难说明两个小孩所执理由的片面性,也就不能判断他们的是非了。孔子只好哑口无言。两个小孩失口笑了起来,说:"谁说你知识渊博,无所不知呢？你也有不懂的地方啊!"

人生真谛

人生有限,知识无涯。从不同的角度会得出不同的看法,而要克服片面性就必须深化认识,进行辩证思维。

改变一生的寓言故事

善解疙瘩

鲁国有一个乡下人，送给宋元君两个用绳子结成的疙瘩，并说希望能有解开疙瘩的人。

于是，宋元君向全国下令说："凡是聪明的人、有技巧的人，都来解这两个疙瘩。"

宋元君的命令引来了国内的能工巧匠和许多脑瓜子灵活的人。他们纷纷进宫解这两个疙瘩，可是却没有一个人能够解开。他们只好摇摇头，无可奈何地离去。

有一个叫倪说的人，不但学识丰富、智慧非凡，就连他的弟子也很了不起。他的一个弟子对老师说："让我前去一试，行吗？"倪说信任地点点头，示意他去。

这个弟子拜见宋元君，宋元君叫左右拿出绳疙瘩让他解。只见他将两个疙瘩打量一番，拿起其中一个，双手飞快地翻动，终于将疙瘩解开了。周围观看的人发出一片叫好声，宋元君也十分欣赏他的能干聪明。第二个疙瘩还摆在案上没动静。宋元君示意倪说的这个弟子继续解第二个疙瘩。可是这个弟子十分肯定地说："不是我不能解开这个疙瘩，而是这疙瘩本来就是一个解不开的死结。"

宋元君将信将疑,于是派人找来了那个鲁国人,把倪说弟子的答案说给他听。那个鲁国人听了,十分惊讶地说:"妙呀! 的确是这样的,摆在案上的这个疙瘩是个没解的疙瘩。这是我亲手编制出来的,它没法解开,这一点,只有我知道,而倪说的弟子没有亲眼见我编制这个疙瘩,却能看出它是一个无法解开的死结,说明他的智慧是远远超过我的。"

天下人只知道就疙瘩解疙瘩,而不去用脑筋推敲疙瘩形成的原因,所以往往会碰到死结,解来解去,连一个疙瘩也解不开。

人生真谛

区别对待不同性质的事物,这样才能绕过障碍,抓住关键,克服困难,顺利地解开自己生活工作中一个又一个的"疙瘩";同时也要注意从实际出发,避免死钻牛角尖。

改变一生的寓言故事

驯养斗鸡

春秋战国时代,齐国盛行斗鸡。举国上下不乏斗鸡爱好者。其中最酷爱此项活动的莫过于齐王。王宫内养了不少斗鸡,他为了取得胜利,专门派人到纪国聘请出生于驯养斗鸡世家的纪子来帮忙驯养这些斗鸡。

纪子是驯养斗鸡的高手,有一套祖传的方法。齐王是一位斗鸡迷又比较急躁,把纪子请来 10 天后便召见他,询问斗鸡的搏斗功夫驯得怎么样了,可否参斗。纪子禀告齐王说:"还没有。斗鸡近期表现为内心空虚而神态高傲,模样盛气凌人。"齐王知道驯养斗鸡多年也知道这种精神状态是浮躁的表现,说明还没到火候。

又过了 10 天,齐王心里有点憋得不耐烦了,传旨纪子前来汇报驯养情况。谁知纪子说仍没训练成熟:眼下斗鸡听到其他鸡的啼声,看到鸡的影子仅只有一点点反应而已。他劝齐王再等一段时间,如果急于求成,只会前功尽弃。齐王听了他的劝告,耐着性子又熬过了 10 天。此时,仍见不到驯鸡的消息,他心中十分窝火,派人把纪子抓进宫殿。不等齐王发问,纪子说:"差不多了,驯养已到关键阶段,斗鸡目前的目光过于敏锐,虽有斗志,但心中充满着傲气和怒气……"

没等纪子说完,齐王便极不耐烦地打断他的汇报,问他现在能不能参战。纪子果断地否定说:"不行!"

齐王大发雷霆,怒目喝道:"我宰了你,我不能再等待了!"

"大王就是杀了我,我也不会同意斗鸡去参战,此时若去参斗,胜负难以掌控,容易夺取斗鸡之斗气。"听纪子如此回答,齐王沉思了一会儿,他知道纪子是个诚实而又勇敢的人,他说得没错,如果强行让斗鸡去参斗,反而功亏一篑。他不得已收回成命,让他继续驯养。

纪子走后,齐王在期盼中又苦苦地熬了 10 天。齐王实在等不下去了,决定不等纪子进宫亲自带领一班随从去驯养场看看。此次齐王已经想好了,要么让纪子交出斗鸡,要么要他直接交出让的人项上人头。在鸡场,纪子见到齐王轻轻一拜,说道:"差不多了!"皇上听毕问他:"可以参斗?"

"完全可以。"纪子肯定地回答,"现今斗鸡虽遇挑战者向它鸣叫,仍神色自若,视而无无睹,毫无反应。看上去就就想一只木鸡一样,傲然而立。

齐王转怒为喜,亲自去查看斗鸡,只见它昂首挺胸,精神安定专一,不惊不动。连连叫绝:"好鸡,好鸡!"喜不自胜。他令人把挑战鸡引到斗鸡面前,这些鸡一看见纪子驯养的斗鸡望而却步,腿都吓软了,转身便逃。胆大的与它斗不了几个回合,纷纷狼狈逃窜。

改变一生的寓言故事

人生真谛

　　真正有本领和才能者，都能达到更高的精神境界。驯养斗鸡的大师重视精神品质的修炼，反映出他的德才观。这个寓言启示人们只有德才兼备，才能成大器。